시네마에서 나오는 길

차
례

| 제 4 장

모든 삶과 죽음,
그 순간에 대하여.

| 에필로그

｜ 서 문

거진 헤픈 삶을 걸고 다시 시작하는 셈이다. 항상 내 모든 글은 약간의 동경과 약간의 질투와 약간의 스트레스성이 원인이었을 정도로 애증의 대상이다. 그럼에도 한창 쓰던 글을 관두고 미래에 대한 다른 일을 찾는다는 건 무수한 계획이 있었어도 익숙해질 수 없던 일이었다. 따라서 해가 뜰 때 집을 나가 달과 눈을 마주치며 집에 들어오는 생활 속에서 내 새벽을 다 조각내서라도 글을 써야지 다짐했던 적이 있었다. 불구하고 글을 쓰지 않은 지 거의 반년이 다 되어가고 그 시간 속에서 이전에 썼던 글을 보면서 솔직히 고통스러웠던 것도 사실이다. 책을 하나 내고도 그 책을 보고 또 보며 이제는 키보드와 커서 하나로 고칠 수 없는 문장에 아쉬워했고 싫어했고 과거의 나를 비난했다. 글을 쓰지 않았던 나는 아마 낭만이 다 한 상태에 이르렀었던 것 같기도 하다. 그러다 매 순간 내게 그런 질문을 했다. 이제는 살만하냐며, 이제는 좀 행복한 것 같냐면서. 그렇게 당당하게 물어놓고 대답을 못 했다. 웃긴 일이다.

그러다 결국 나는 글을 써야 살아가겠구나 싶었다. 제주에 살면 너무 아름다운 것이 많은데 그중에서 내가 손에 꼽는 것은 하늘이다. 항상 아침에 일어나면 커튼을 걷고 하늘을 본다. 등굣길 내내 하늘을 올려다본다. 카메라에 담아도 그 느낌을 다 표현할 수가 없다. 그렇게 내 감정은 순간적이니까 항상 스쳐 지나가는 게 아쉬워서 가끔 글을 썼다. 거의 5개월 만이었다. 그것도 그런 게 볼 거 없는 핸드폰 메모장에 짧은 문장 몇 개 쓰는 게 끝이었다. 두 개의 문장을 쓰면 그 두 문장 간의 유기성 따위는 없었고 세 개의 문장을 써도, 네 개의 문장을 써도 달라지는 건 없었다.

그래도 꽤 괜찮았다. 글의 전문을 채 다 채우지 못하고 미완으로 남겨놓는 것도 나름대로 나쁘지 않았다. 되도않는 감성팔이라며 글을 쓴다는 사실이 너무 부끄러워서 내가 아닌 나의 이름으로 살았던 적에는 익명의 후원에 따른 일과 부담으로 다가오는 글에 엄청난 스트레스를 겪었던 적도, 마감 데드라인에 쫓기며 밤새 컴퓨터를 잡고 있었던 적도 있었다. 그러니까 대체 왜 그렇게까지 하냐고. 내가 그렇게나 글을 사랑했나. 그건 아닌 것 같은데. 목적을 잃고 방황하다가 다시 나로 돌아왔을 때는 내가 너무 많이 망가져 있어서. 나는 그래서 글이 싫었는데. 그 글이 내게 이럴 수가.

요즘도 책을 보고 문장 하나에 감탄하는 건 매일반, 결국 나는 이렇게 살아야겠구나 싶어서. 문과 이과 중 단연 문과의 편을 들 내가 감성 타며 웃긴 글이나 적고 있는 게 어이없다. 매번 SNS에서 감성 글귀를 보며 비웃던 내가? 친구들이 보면 웃을 거다. 확신한다. 그치만 어쩔 수 없다. 정말로. 내가 이렇게 이상한 애다 하고 광고하는 격이지만 진심으로.

가끔 들어와서 내 감정 서술하고 가는 게 다인 공간이다. 생각보다 사람은 비춰지는 것보다 더 많은 것을 품고 있으니까 나는 여기서 나를 다 보여주고 싶다. 내가 이런 생각을 한다. 저런 생각을 한다. 하늘을 보면 이런 생각이 난다. 책을 보니 저런 생각이 난다. 기타 등등. 그냥 반복일 거다. 가끔 왔다가 가는 정도. 그렇다 치기에는 애정이 좀 있을 것 같은데, 일단 그게 일반적이지 않나. 낭비지만 그렇게 하고 싶은 걸 나도 뭘 어떻게 할 수가 없다. 삶의 일부를 떼어내서라도 글을 계속 쓰고 싶다. 미래에 도움이 되지 않는다며 잠시 쉬라고들 하던데 사실 나는 잘 모르겠다. 일단은 계속되어야 한다.

> 어머님, 나는 별 하나에 아름다운 말 한 마디씩 불러 봅니다.
> 소학교 때 책상을 같이했던 아이들의 이름과, 패(佩), 경(鏡), 옥(玉) 이런 이국 소녀들의 이름과,
> 벌써 아기 어머니 된 계집애들의 이름과, 가난한 이웃 사람들의 이름과,
> 비둘기, 강아지, 토끼, 노새, 노루, 프랑시스 잼, 라이너 마리아 릴케, 이런 시인의 이름을 불러 봅니다.
> 〈별 헤는 밤, 윤동주〉

지금 우리가 보는 별과 빛은 수백 년 전에 출발해 도달한 것이라는 말을 들은 적이 있다. 가장 먼 별을 향해 소리를 지르고 싶다. 그렇게 파란 우주를 가르고 다시 돌아오는 소리는 수십, 수백 년 뒤에도 영원할 테니까. 그 소리를 듣고 싶다. 그렇게 오래오래 연필을 잡고 싶다. 앞으로 글로 먹고살 생각은 없다. 그저 이냥 저냥 살고 싶다. 목표가 있으니까. 그래도 하늘을 거꾸로 수놓고, 수백억 광년이 담긴 우주를 안고 싶다. 별을 끝까지 세고 싶다. 수많은 시간을 보고 싶다. 태양을 손에 쥐고 싶다. 채우고 싶다. 나도 내 글을 쓰고 싶다. 내 이름으로 글을 적고 싶다. 예술을 하고 싶다. 그렇게 살고 싶다.

겨울이 왔고, 우리는 또 한 번 태어난다.
해내야만 했다.

*추신
영향을 준 작가들.
나태주, 윤동주, 왕구슬, 이상, 허연.

제 1 장

행한 사랑에는 흔적이 없어.
누구 하나 잊으면
우리가 서로 사랑했다는 증인도 없고.
없는 사랑에 명이 다할 때까지 의지하여
결국에는 숨을 잃는 삶과 사람과 사랑.
그럼에도
사랑했냐 묻자
그는 기어코 "예"라고 답했습니다.

해 바 라 기

고작 사랑이라 칭하는 너에게.
(그리고 하늘에게)
네가 말하는 고작이라는 사랑에
명을 연장하려는지 혹은 그 반대라,
나는 가끔 하늘을 봤고
가끔 수평선을 봤으며
가끔 땅에 박힌 뿌리를 보다가
그토록 바라던 하늘을 바탕으로
고대로 꺾여
가끔 지상에서 죽고 싶어졌다.

싸구려 사랑

-

싸리눈 내리던 날에
구질구질한 사랑을 내다 버렸으나
여직 잊지 못하고 있나.

요즘 너 나 때문에 아프다며.
우리 행했던 싸구려 사랑이 그리운 것이면,
그놈 참 쌤통이다.

-

　처음부터 우리는 그다지 비싼 사랑은 아니었더랬다. 말로
만 사랑에 값어치가 어디 있어. 라지만 우리 사랑 밑바닥에
쿵쿵 부딪히고 또 부닥치며 퍼렇게 멍들어갈 것을 저 스스

로가 더욱이 더 잘 알고 있는 사실이었다. 그러나 우리는 어찌하여 그 모든 것을 묵살하였나?

-

제아무리 바다 아래를 긁고 땅을 긁어보아도 땡전 한 푼 안 나오는 습지서 무얼 하느라 우리는 사랑하였더라. 자금난에 지친 인간의 마지막 발악으로서 헐값으로 사랑을 거래한 것이었나 아님 신이 죽기 전 마지막으로 베푼 선물이었으나 전혀 감사하지 않았던 사랑. 그 사이에 가난이 들어왔나. 그래서 자멸했나.

-

돈 한 푼도 없는데 널 어떻게 차지하냔 말이다. 난 구차한 사랑은 싫어. 넌 그대로 사랑을 쓰레기통에 처박아버렸다. 질 나쁜 싸구려 물품처럼 애처로이 떠나가는 너의 뒷모습을 보며 눈물 흘리던 사랑 그이는 어디로 갔나 보았더니 나는 흐물흐물 죽어버린 싸구려 사랑을 주워 담고 있구나. 아 그대여, 사랑을 왜 재활용에 버리셨어. 우리 사랑 회복은 이미 글렀는데.

싸구려 사랑은, 일반쓰레기통으로!

-

우리는 전혀 일반적이지 못한 사랑을 나누었는데 왜 남들과 다를 것 하나 없는 이별을 맞았던 것인지 의문이다. 뭐든 잃기가 싫어 넌 내게 쏟는 감정마저 소비로 칭했던 거지? 나는 내가 완벽한 사랑을 하게 될 줄로만 알았단다. 하지만 내 손에서 네 손으로 인해 바스러진 사랑이여 이제 가루마저 남기지 않고 떠나가여라. 거뭇한 때 하나 남기지 않고 소각되어 사라져버리어. 떠나는 것만이라도 완벽히 하도록!

-

그가 그랬던 것처럼 살아있는 사랑은 갖다 버리면 그만이고 죽어있는 사랑도 저 멀리 해가 떨어질 때 던져버리면 그만이다. 난 그이 떠난 동쪽으로 멀리 조각내 뿌려버려야지. 다시 재활용조차 못 하게. 만약에라도 그가 그렇게 싫다 뿌리쳤던 싸구려 사랑이 그립다고 울며 돌아오면 조각난 하늘을 가리키고 조각난 태양을 가리키고 조각난 달을 가리키십시오.

그게 우리 사랑이라고요.
숨 거둔, 조각난 유리 파편 정도.

-

아스라이 기억나는 없어져 버린 우리 사랑은 아주 값쌌고 부질없었으나 돈 없어도 사랑 있었고 돈 없어도 정 있었고 바람 만나면 서로의 빈공간을 채워주는 싸구려랬다. 기억 속 진실된 것만 남고 껍데기는 가라. 입에서만 굴리던 말을 내뱉어. 나 또한 싸구려 사랑을 애증 하였다고 내 소망 뻐끔거리어보았자 그에게 들려오리까.

-

나는나는 끝나버린 우리 싸구려 사랑을 살리고, 아무리 사랑 숨죽여버린 그대이지만 다시 사랑하고, 그 후에서야 나는 허례허식에 거추장스러운 사랑 나누며 명품사랑 할 바에는 구질구질한 것이 낫다며 궁핍하다가도 따스하던 싸구려 사랑사랑사람으로 그와 키스할 때에야 겨우 참아왔던 사치스러운 숨을

내쉬려ㅂㄴㅣㄷㅏ.

기억을 묻자

-

죽은 시현을 땅에 묻는 것은 고역이었다. 김미연이 죽어 버린 그를 제 머릿속에서 추방한 뒤 조각나버린 기억들을 기워 맞추는 것 또한 고역이었다. 그 언제나 미연은 그림을 그렸고 시현은 애써 밝은 미래를 그렸다. 미연이 물감의 수를 셀 때 시현은 앞으로 살 수 있는 날을 세었다. 둘을 묶을 수 있는 단어라고는 겨우 같은 사람이라는 것밖에 없을 정도로 반대편에 선 그 둘이 서로를 품에 넣고 사랑을 속삭이며 겨우 명을 유지해 갈 때에 시현은 죽을 수밖에 없었단다. 그러나 이후 겅중 뛰어 사라진 미연에게 묻는다. 그토록 사랑했던 시현을 떠나보낸 그녀가 시현과 함께 한 모든 것에서 도망쳐야만 했던 이유는?

-

시현은 언제나 변덕스러웠다. 하얀 액체 똑똑 떨어지는 아픈 링거 바늘을 손에 꽂고 있으면서도 항상 목이 탄다며 얼음 동동 떠 있는 아메리카노를 마셨고, 또 항상 역겨운 알코올 냄새를 참으며 인상을 찌푸린 채 병원을 드나드는 미연에게 영 못생겼다 하면서도 헤어질 땐 미연이 세상에서 가장 아름답다며 미소 지었다. 그래서 그랬나. 끔찍이도 사랑하는 애인을 두고 갈 수 없다는 이유로 꼭 살겠다던 애가 죽어버린 것도 원래 변덕이 심한 아이라.

그랬다고
해주련?
(아님내가꼴보기싫어가버렸나)

-

아 맞아. 생각해보니 우리 사이는 언제나 변덕이 심했지.

선연이었다가.
악연이었다가.
미연(美緣)이었다가.

그다지 아름다웠던.

-

　그래서 시현은 억하고 죽었지 미연은 엉엉 울었고 또 호호하고 웃다가 다시 엎드려 시현의 차갑게 식어버린 살덩이를 끌어안고 또 울었고 그렇게 시현을 지웠고 땅에 묻었지. 사람에 대한 사랑의 무게는 잴 수가 없단다. 그만큼 무거운 것을 잴 저울이 없어서란다. 내 심정이 그렇다. 저울이 부서질 듯 마음이 무겁다. 죽어버린 널 받아들여야 한다고 마음만 먹어서 마음이 무겁다. 그래서 난 도망쳐야지. 너의 모든 것에 대해서.

　어때 시현아.
　같이.
　갈(래)
　수가 없구나.

-

　하나에 땅을 파고 둘에 너를 묻는다. 다시 하나에 땅을 파고 둘에 시현을 묻는다. 세상 구석탱이 저편에 심어버릴 어스름한 우리 기억 모두 던져버린 뒤 툭툭 하고 발로 밟아 숨까지 죽여버리게. 우울한 네 묏자리에 푸릇한 싹이라도 자라면 큰일이잖아. 응? 시현아. 나 운다. 이 모습도 아름답니?

나는, 그런 것 같은데.

-

사랑을 묻자. 기억을 묻자.
다시는 꺼내 볼 수 없도록 시간의 뒤편에 묻자.
다시 사랑에게 묻자. 기억에게 묻자.
축축하다 훅하고 쾌쾌하게 메말라버린 기억 속 무의식의
세계에서만큼은 시현을 묻어버릴 수 없었던 이유는?

-

"세상에서 제일 예뻐요."

이후에 세상에서 가장 아름다운 것을 그리라는 질문에 미
연은 항상 자화상을 그렸다고. 미연의 무의식 속 기억에 깊
이 잠들어버린 시현을 깨우기에는 아직 해가 너무 밝아서,
그냥 미연도 시현일 끌어안고 잠들어버렸다고

김미연이 전해달라더라.

-

(너를) 묻자. (너에게) 묻자.

이제 너한테 가도 돼?

아름다운 김미연이.

(죽어버린 유시현에게)

시네마에서 나오는 길

-

별똥별을 보거든 할 말이 좀 있어야지 소원 따위야 고민만 하다가 다 져 버릴 게 뻔했다. 그런데도 보자마자 두 손딱 모으고 소원을 비는 스크린 속 저 사람들은 신기하지 않아? 그렇게 말하면서 우리는 서로의 손을 붙들고 시네마에서 나왔더랬지.

-

시네마에서 나오는 길, 우리가 나누었던 대화를 기억해. 비가 무진장 쏟아졌고 새로 산 노란 원피스의 끝자락은 젖어버린 채로 우리는 길을 따라 걸었지. 구불한 그 길의 끝자락에는 우리가 자주 가던 카페가 있어. 그곳에 도착하면 늘 그랬듯이 따뜻한 와플 하나를 입에 물고 웅얼거리는 말

투로 서로에게 따스한 그 무언가를 전한 뒤, 나의 인생은 널 만나고 실패했다고 그렇게 되내이겠어.

-

창문 너머로 구름 낀 어느 날에 소낙비처럼 찾아와 오늘처럼 내 젖은 심장을 모조리 다 말려버린 너와는 시네마 앞 오락실에서 처음 만났다. 둘 다 외사랑에 데여 어딘가로 도망가버린 XX들을 미련하게 우두커니 기다리다 눈이 마주쳐버린 거지. 나는 두더지 게임을 했고 너는 펀치 기계나 무진장 패고 있었어.

-

아침 8시. 영화를 보러 나올 거였음 그렇게 이른 조조영화를 보자고 했겠냐며. 그냥 그대로 한 대 패버리지 그랬어. 7시 30분부터 문 닫힌 시네마 앞에서 너와 같이 바보짓을 한 내가 그렇게 말을 걸었잖아. 그러니까 네가 그런 거야. 벌써 몇 번이나 때려 빨갛게 달아오른 손가락 마디마디를 펼치면서. 그러는 너는. 너는 뭐 달라?

"표정은 영화 찍고 앉았네."

그렇게 실패했다며. 실패했지. 사랑에는 실패했지만 영원에는 성공한 거야. 영원한 애정 뭐 그런 거 있잖아. 물론 사랑 빼고 다 한다는 우리지만 곧 죽는다고 하면 어떡할래? 그렇게 물었을 때 우리는 괜찮아 함께니까. 라고 답할 테다.

\-

야, 그런 말은 애인한테나 가서 해. 그럴 애인이 없어. 그러다 이렇게 다시 원점. 그래 우리 사이는 영화가 아니니까 딱히 몰아치는 감정도, 장면도 없는 거야. 대사 하나에도 완전히 지루하고 흔해 빠진 거지. 만약 우리의 관계를 두 시간짜리 영화로 만들면 좀 볼 만 할까. 아니, 그것마저 진전 없이 질질 끈다며 혹평을 받을 게 확실해.

\-

인생이 그런 걸 어떡해. 실패에 실패를 더해서 영원을 사는 우리인걸. 나, 네게 할 말이 있어. 널 한 번 안은 대가가 이렇게나 끔찍하다고 말이야. 사랑은 하지 않는다면서 왜 그렇지를 못해. 우리는 절대 사랑 따위 하지 말자고 누누이 말했으면서 왜 자꾸만 애정을 품어. 안 한다고 했잖아. 그 거 너무 아프고 괴로워서. 더 살지를 못하겠다구

그랬으면서.
또 실패하려고.

–

길 위로 지나가는 엠뷸런스를 바라보며 우리는 그랬지.
우리는 여기 함께 있어서 다행이라고. 절대로 떨어지지 않
을 것처럼. 그러나 광활한 우주에서 서로가 끝까지 함께하
기란 쉽지 않아. 사랑으로 실패하고 결국 언젠가는 이 별에,
이별에 도착하게 될 거야.

장르는 SF 로맨스. 곧 죽는다면 어떡할래? 혹평을 받는
이 영화의 마지막 대사를 정해보자.

–

난 있지.
매 순간 타오르는 태양과
빗발치는 별똥별과
갓 나와 사과잼이 떨어지는 와플을 보면
너무 따뜻해서 눈물이 나올 것만 같다고
그 무엇들을 보며
아, 저건 너네. 너잖아.
난 그렇게 말하곤 했어.

–

너와 시네마에서 나오는 길. 실패한 시네마의 스크린에
실패한 인생의 필름의 흔적을 주루룩 나열할 때면 나는 실

패한 삶을 회개하며 유구한 복도에서 이미 실패한 사랑을
너와 다시 행하고 싶다는 실패한 생각을 하곤 했다.

> 너는 비가 좋다고 말했어.
> 하지만 우산을 폈지.
> 너는 햇빛을 사랑한다 말했어.
> 하지만 그늘을 찾았지.
> 너는 바람을 사랑한다 말했어.
> 하지만 창문을 닫았지.
> 이게 내가 두려운 이유야.
> 넌 나도 사랑한다고 했잖아.
> 〈작자 미상〉

상영이 끝난 시네마에 홀로 앉아

야,

그냥 이용해
당해줄게
너는 괜찮아
너만 괜찮아

나는
괜찮을거야.

빌어먹을
구원서사에
입 맞췄고
〈짝사랑, 작자 미상〉

-

　유난히 너와 함께했던 계절이 길게 느껴지는 것은 내가 언제부터 널 애틋하게 생각했는가에 대하여 깊은 고뇌에 빠졌기 때문이었다. 그러다 바보같이 응. 이라고 대답한 나를 탓하는 것부터 시작이다. 우린 처음부터 만나지 말았어야 했다는 말을 입 밖으로 다시는 내뱉고 싶지는 않아서. 그러니까 나를 탓한다. 다 내 탓이야. 그날 시네마에 가지만 않았더라면. 그랬더라면,

　내가 정말 살 수 있었을까?

-

　우리가 대체 무슨 사이냐 물어도 나는 할 말이 있어. 그냥, 친구라고. 굳이 그 그냥이라는 말을 붙이는 이유는 분위기에 휩쓸리지 않기 위해서겠지. 나는 지난여름부터 올해의 겨울까지 그렇게 앓았어. 좀먹히는 심장을 두고 한참을 너의 파란색 어항에 빠져 살았어. 그럼에도, 그 문드러진 심장도, 네 앞에서는 두근거리긴 하더라. 사랑하는 건 딱히 나와 맞지 않기에 감히 행하진 않지만 와중에 본연을 잊지 않은 거지. 내 본연은 그저 우두커니 지켜보는 거니까. 나는 그렇게 낡은 심장을 닮아가는 거고.

-

상영이 끝난 시네마에는 오직 나만이 혼자 앉아있더라. 바닥에는 팝콘이 어지러이 펼쳐져 있고 어느 곳에는 탄산이 쏟아져 카펫 위로 공기 방울이 겨우 뻐끔뻐끔 숨을 쉬고 있어. 나도 그래. 이렇게 혼자 있을 때면 나는 참 그래. 숨이 잘 쉬어지지 않아 겨우 네 이름 세글자 불어보곤 했어. 그게 뭐라고 참 목구멍이 아프더라. 그러다가 턱 막히는 느낌에 입술을 꽉 깨물어. 피가 나도 개의치 않고 더 꽉 물어.

-

그렇게 실패했다며. 실패했지. 사랑에는 실패했지만 영원에는 성공한 거야. 영원한 애정 뭐 그런 거 있잖아. 물론 사랑 빼고 다 한다는 우리지만 곧 죽는다고 하면 이떡할래? 그렇게 물었을 때 우리는 괜찮아 함께니까. 라고 답할 테다.

〈시네마에서 나오는 길〉

내 인생은 널 만나고 실패했어. 우린 모두 실패했어. 잘 알잖아. 그래서 나는 이걸 딛고 일어서 성공을 향해 손 뻗기가 두려워. 또 놓쳐버릴까 봐. 또 실패할까 봐. 그걸 알기에 우리는 매번 똑같은 영화를 돌려봐. 만족할 만한 실패라고 포장하는 우리 영화의 장르는 SF 로맨스. 그 영화에서 언젠가 주인공이 도착한 행성의 이름은 이별이고 그건 좀 기분이 나빠. 꼭 무언갈 시작하면 꼭 우리가 그렇게 될 거라고 말하는 것 같아서. 그러니 우리 시네마에서 나오는 길에는 손을 잡고 이 길 저 길을 쏘다니고 비를 맞아 꺄르르 웃고 따끈한 와플을 나눠 먹는 바람에 결국 모든 것을 이루지 못하는 삶을 살자.

-

나름 괜찮지 않아? 사랑 같은 거 하지 않아도 말이야. 결국은 끝이 있다는 걸 아니까 이러는 거야. 서로에게 서로만 있으면 된다며. 여기 있으면 된다며. 어떤 형태로든 나만 있어도 된다고 했잖아.

야, 그냥 해 버려. 뭐든. 내가 다 해줄게. 사랑하지 않으니까. 숱한 감정 품지 않을게. 나를 안아버려. 애정 않을게. 이건 정말이야.

그러면서 나는 또 아랫입술을 꼭 물어.
피가 새어 나와도 그렇게 꼭 붙들어.
사랑한다는 말이 나올까 봐서.

또다시 같은 꿈을 꾸었어

누구나 결말을 알지만 다시 보고 싶은 영화가 있다.
〈작자미상〉

-

2017년 4월 21일.
서유택을 만났다.

그게 아마도 시작이었겠지. 그로부터 4년 뒤 4월 21일에
는 서유택이 죽어버리니까.

나의 연인, 애인, 첫사랑 서유택은 2021년 4월 21일에
교통사고로 죽었다. 전혀 사고가 날 일 없는 일 차선 도로
에서 아파트 단지라 지나다니는 것도 웃긴 화물차에 치여
죽어버렸다. 그 시각, 나는 그랬다. 스물둘의 나 김선유는

바보같이 집에서 서유택이 준비했을 깜짝 선물이나 기다리면서 가만히 서 있었다. 서유택이 생일선물 뭐 가지고 싶냐고 물었을 때는 없다고 했지만 서유택은 귀신같이 내 취향에 맞는 선물을 사 올 걸 알고 있었으니까. 그래서 난 작년 생일 때 선물 받은 옷을 입고 끔찍이도 아끼는 서유택이 현관을 열고 들어오기만을 기다리고 있었다. 비록 밤 9시. 서유택의 귀가 시간이 한참 지나서야 반대로 내가 신발도 제대로 신지 못한 채 뛰쳐나가야만 했지만.

서유택은 즉사했다. 이런 장면을 보고 또 보았을 의사들마저 끔찍하다고 혀를 내두를 정도였다. 나는 되려 눈물이 나오지 않았다. 피에 젖은 까만 아스팔트 도로와, 마지막 순간에 차갑게 식은 서유택의 얼굴을 보면서도, 수사관이 유택이가 끝까지 들고 있었다던 유품을 건네주었을 때에도, 유택이 언제나 짧게 입 맞추던 눈꼬리에서는 눈물 한 방울 떨어지지 않았다.

다만 그랬다. 이제는 이렇게나 커다란 집이 필요 없어져 이사 정리 겸 유택의 유품 정리를 할 때, 그 언젠가 8월, 유택의 생일날 내가 사줬던 노트북에서 유택의 흔적을 발견했다. 검색창, 그 아래에는 시답잖은 것들이 기록으로 남아 있었다. 20대 시계 추천. 구제 시계 구하는 법. 구제 시계 가격. 구제 시계 추천. 그렇게 나는 울었다. 정신이 완전히 나가버린 사람처럼 울었다. 도저히 이제는 참을 수가 없어서. 아무리 그날 저녁 6시 30분경 서유택과 통화를 나누었던 내용에서 유택은 꼭 다시 올 거라 했지만 나는 도무지 유택의 부재와 함께하는 기다림을 견딜 수가 없어서 믿지도 않는 주제에 가슴에 이질적인 십자가 품고 기도했다. 제발 유택이를 살려주세요. 저를 죽여서라도 유택이를 살려주세요.

　그 이유는 서유택이 죽기 직전까지 차갑게 식어가던 손으로 물고 늘어지던 종이가방 속 예쁘게 포장된 시계에 있었다. 내가 딱 한 번 말을 꺼냈던 구제 시계. 요즘은 비싼 것보다 이런 게 더 예쁜 것 같아. 소장 가치도 있고. 정말 지나가는 말로 했던 말이었다. 그럼에도 서유택은 그것을 기어코 기억했고, 내 말을 되새기며 답지않게 열심히 검색했고, 결국에는 내 손에 시계를 쥐여주었다. 근데 유택아. 그건 왜 몰라. 나한테는 네가 더 소중한데. 너는 이 세상에 하나밖에 없는데. 나 또한 서유택을 따라 되새겼다. 우리의 시작과 끝을 기어코 기억했고, 나에게 꼭 오겠다는 네 말을 부정하며 되새겼고, 결국에는 결론이 났다. 우리는 절대로 만나지 말았어야 했다고. 와중, 내 손에 쥐어진 오래된 시계가 째깍거린다. 째깍거린다. 곧이어 째깍거렸다.

　빛을 잃은 우주, 서유택의 회색빛 눈동자.
　하필이면 온 우주가 너를 탐냈다.

–

　4월 21일. 눈을 뜨니 웅성거리는 소리가 들려왔다. 내 방이었다. 어린 티가 물씬 나는. 섬유유연제 향이 왠지 모르게 반가웠다. 나는 자리에서 벌떡 일어났다. 머리맡에 있는 핸드폰을 익숙한 듯 집어 들어 날짜를 확인한다. 4월 21일. 그러니까 2017년. 나는 그대로 눈을 비벼도 보고 핸드폰을 껐다 켜보기도 해보았지만 변하지 않는 사실, 오늘은 2017년 4월 21일이었고 그러다 시끄럽게 전화벨이 울려댔다. 김민혁. 수능 망치고 졸업 후 어디로 갔는지 이제는 연락조차 되지 않는 그런 애. 조심스레 집어 든 핸드폰 너머로는 카랑한 민혁의 목소리가 들려왔다. 야 선유야! 생일 축하한다! 근데 내가 오늘 수학 수행 땜에 너네 반까지는 못 갈 것 같아서 친구 하나 대신 보낼게. 어차피 민정이랑도 친한 애니까 너도 친해져 봐. 알겠지?

　그래, 4월 21일.
　나는 오늘 서유택을 만난다.

–

　학교로 향하는 내내 머리가 꿈을 꾸는 듯 몽롱했다. 어쩌면 이건 그리움에 사무친 내가 꾸는 헛된 백일몽에 불과할 수도 있었으나 이 모든 상황이 바로 눈 앞에 펼쳐진 것처럼 생생했기 때문에 꿈에서 깨기 위해 혀를 깨물거나 볼을 꼬집는 행동을 구태여 하지는 않았다. 그리고 솔직히 난 이 꿈에서 깨고 싶지 않았다. 단 한 번만이라도, 다시 보고 싶어서. 그 형태라도, 그 냄새라도 느끼고 싶어서.

문득 그 애 목소리가 떠올랐다.

「선유야 너는 돌아가고 싶은 순간이 있어?」

「…응, 나 2학기 중간고사 때. 내 인생 최대로 망친 시험이야. 돌아갔으면 2번으로 찍는 건데….」

「너답네.」

「유택이 너는?」

「나는,」

「…….」

「나는, 딱히 돌아가고 싶지 않아. 넌 몰라도 난 나름대로 오래 생각하고 행동하니까. 뭐든 내가 했던 선택은 최선의 선택이었다고 확신해.」

「그리고 나의 가장 최선의 선택 중 가장 최고의 선택은 너야 선유야.」

이후, 나 또한 과거에 대한 미련을 버렸다. 서로에게 최선의 선택이 곁에 있었기 때문에. 서유택은 그런 사람이었다. 나를 자꾸만 배우게 했고 성장하게 했다. 그러나 최선의 최선보다 더 최선인 선택을 하러 온 나는 자꾸만 죄스러운 기분이 든다. 서유택은 이제 평생 자신의 최선과 함께하지 못할 테니까.

2학년 6반. 그 앞에 선 나는 또다시 답지않게 과거를 회상했다. 그래, 이 문을 열고 들어가면 고민정이 앉아있다. 반 친구들의 반응은 그렇게 호의적이지는 않다. 그저 옆자리 애 몇 명만 내게 다가와 생일 축하한다는 말을 남기고 다시 시험공부에 열중한다. 그리고서 고민정에게 생일선물을 받는다. 그다음,

서유택이 뒷문으로 등장한다.

-

작게 심호흡을 했다. 그리고 교실 문을 열었다. 조용한 교실, 그사이 파묻혀있는 말간 얼굴의 고민정. 나를 향해 웃으며 손을 흔들었다. 이로부터 4년 뒤, 고민정은 중국에 있는 명문대에 합격해 섭섭지 않게 가끔 연락하고 사는 사이가 된다. 나는 거진 2년 만에 마주하는 반가운 얼굴을 보며 작게 웃었다.

"선유야, 내가 너 선물 준다고 얼마나 기다린 줄 알아?"

"……."

"아 아냐니깐."

나는 앞뒤 따지지 않고 고민정을 꽉 껴안았다. 갑작스러운 포옹에 당황한 듯 고민정이 미쳤냐며 버둥버둥 댔지만

나는 꼭 그래야 할 느낌이 들어 쉽게 놓아주지 않았다. 그제서야 이상함을 감지한 고민정이 나를 보며 너 무슨 일 있어? 하고 물었지만 나는 고개를 저었다. 고민정은 낯간지러운지 선물이나 풀어보라고 했다. 손에 들린 선물상자가 묵직했다. 내 기억 상 여기 담긴 선물은,

"…이게 뭐야?"

어항이다. 지금은 서유택의 연필꽂이로 쓰이는. 옆에서 가만히 구경하고 있던 애가 충격받은 듯 입을 딱 벌렸다. 아마 나도 딱 저런 반응이었지. 물고기도 안 키우는데 이걸 어따 쓰냐고 민정아. 하면서 질책했을 수도 있다.

"거기에 너 키우는 고양이 이름 뭐더라?"

"용식이?"

"어, 걔 밥 키워."

"…한결같네 진짜."

나는 작게 헛웃음을 치다 시계를 바라봤다. 8시 20분. 곧이어 뒷문이 큰 소리를 내며 열린다. 순간 어깨가 움츠러들며 숨을 참았다. 그러니까 이것이 그와 나의 첫 만남. 끈적히 신발 뒷굽에 끊임없이 눌어붙던 첫사랑의 시작. 봄의 중순.

"선유야 생일 축하한다."

"……."

"라고 김민혁이 전해달래."

서유택. 나는 그 이름을 뱉지도 못하고 끊임없이 입안에서 굴리기만 했다. 그럴수록 상처만 났다. 입안이 쓰렸다. 그러다가 그게 뒤로 넘어가 목구멍이 아파왔다. 턱턱 막히는 숨에, 숨에, 숨에. 나는 천천히 뒤를 돌아봤다.

2017년 4월 21일.
열여덟의 서유택을 두 번째로 만났다.

-

쨍그랑 소리와 함께 손에 들고 있던 어항을 교실 바닥에 떨어트렸다. 그 소리에 옆에 있던 고민정도, 들어오던 뽀얗고 지금보다 훨씬 어린 티가 나는 얼굴의 서유택도 놀란 표정으로 날 바라봤다. 앞에서 실장이 거기 무슨 일이야? 하고 물었다. 고민정은 그 말에 제가 정성 들여 준비한 선물을 깨버린 나를 잠시 원망스러운 얼굴로 보다가 말했다. 여기, 빗자루 좀 가지고 와야 할 것 같은데.

나도 모르게 손에서 힘이 풀렸던 모양이다. 아무리 본체는 스물둘 김선유라 해도 여기는 고2짜리 고삐리에 불과한 나였기에 어느 정도 그에 맞게 행동을 해야 했다. 나는 축축해진 눈가를 닦으며 재빨리 미안하다며 쭈그려 앉아 유리 조각에 손을 뻗었다. 그러니까 언제 온 건지 내 앞에 날 따라 앉은 서유택이 내 손목을 잡아세웠다.

"손 다쳐. 빗자루로 해."

"……."

"다친 데는 없지?"

"…응."

서유택은 익숙한 듯 빗자루를 이리저리 쓸어 상황을 정리했다. 서유택, 그래. 다정했다. 한없이 다정했다. 할 일이 없어진 나는 울컥 또다시 차오르는 눈물에 가만히 서서 소매로 눈가를 문질러댔다. 다시금 고민정이 다가왔다.

"너 진짜 어디 아파?"

"……."

나는 그러면서 아직도 유리 조각을 치우느라 분주한 서유택을 쳐다봤다. 여전히 기다란 속눈썹과, 하얀 얼굴과, 잘생긴 이목구비의 서유택. 저런 애가 4년 뒤에 끔찍하게 죽는다. 형태조차 제대로 못 알아볼 정도로 엉망이 되어 죽는다. 그래, 잠시 망각했던 사실이 있다. 나와 서유택은 만나서는 안 된다. 그게 내가 그토록 바라고 바랐던 소원이자 유일한 기도였음을.

"민정아."

"어, 선유야."

"나… 보건실 좀 갈게."

고민정은 그 말에 걱정스러운 표정으로 날 봤다. 그와 함께 나는 고통이 찾아왔다. 누군가 내 심장을 이리저리 쥐어

짜는 느낌이었다. 그런 나를 보는 시선이 느껴졌다. 서유택. 눈이 마주치지 않게 조심해야 했다.

　-

　꾀병으로 침대에 누워있었다. 아, 이런 짓은 서유택이나 하던 건데. 그래서 내가 맨날 얘 보려고 아프지도 않으면서 배탈 났다고 보건쌤 귀찮게 했는데. 그렇게 겨우 마음을 진정시키고 있자 뒤에서 보건실 문이 열리는 소리가 들려왔다. 나는 눈을 굴리다 말고 질끈 감고 말았다. 왜냐면 서유택 목소리가 들려와서. 아무리 내가 자는 줄 알고 깰까 봐 작게 속삭여도 내가 널 어떻게 몰라.

　"아, 깼었구나."

　"…왜 왔어? 너도 어디 아파?"

　나는 아무렇지도 않게 이리 다가온 유택에게 물었다. 서유택도 아무렇지도 않게 나와 마주 보는 침대에 앉아 나를 빤히 응시한다.

　"너 걱정돼서. 나 때문에 놀라서 그런 거 아니야?"

　나는 괜히 침을 꿀꺽 삼키고 돌아누웠다. 그래, 서유택은 다정하다. 걔는 내가 어딜 가든 비상약 꼬박꼬박 챙겨주던 애니까. 나도 모르는 보험 들어놓고, 자기 보험 들어놓고 자기 죽던 날 내 통장으로 비수와 함께 억 단위 숫자 단박에 꽂아주던 애니까.

"그런 거 아냐."

"……."

"그냥…"

"……."

"그냥 잠깐 손이 미끄러져서 그런 거니까 서유택 넌 신경 안 써도 돼."

"…선유야."

너 내 이름 알아? 잠깐의 침묵 사이 서유택의 예리한 질문이 나를 꿰뚫었다. 유택의 커다란 눈동자가 나를 응시하고 나는 잠시 고민하다 그랬다. 김민혁이 알려줬어. 그래도 서유택은 고개를 갸우뚱거렸다.

"걔는 너는 나 모른다고 하던데."

"……."

"…어쨌든, 그런 김에 네 이름도 알려줘."

"……."

유택아 제발. 제발 부탁인데. 아까 전 서유택이 이미 내 이름을 불렀음에도 전혀 이상함을 못 느끼고 나는 결국 서유택을 마주 봤다. 다시 봐도 그 얼굴에 가만히 있기가 정말로 어려웠다. 그렇게 아랫입술을 잠깐 깨물었던 나는 입을 열었다. 끝내 마지막 말은 뱉지 못했다.

"아무것도 묻지 말아 주라."

"……."

"네가 물어보면, 나는 생각하게 돼."

네가 죽던 날을.

-

우리 인생은 짜여진 극본과 같다. 흘러가는 대로 살다가 그 과정에서 여러 가지 인연이 꼬이고 꼬여 하나의 실타래를 만들어 그것을 정해진 모양의 그림을 만들어내는 것이다.

"…미안, 근데 나는 네가 좋아서."

"……."

"친해지고 싶어."

그러니까 나는, 22살의 김선유는 그 그림 자체를 없애려고 한다. 나와 서유택, 그 사이의 빨간 줄을 끊어내서 우리가 그릴 환상적이고 결국엔 끔찍할 미래를 없앨 거다. 그래서 가위질을 해야 해. 너와 나 사이에.

「선유야, 내가 보건실에서 그 말 할 때 사실 나 그때 네 이름 다 알고 있었다? 진짜로, 선유야. 너는 아직도 내가 너 처음 봤을 때 무슨 생각했는지 모르지. 나한테 그냥 친해지고 싶었다는 게 어디 있어. 너한테 관심 있었다는 거야. 그 전부터 너 진짜 좋아했거든. 짝사랑했거든.」

고등학교 졸업식 날, 마지막 교복 차림으로 유택이네 집으로 놀러 갔을 때 서유택은 저런 말을 했다. 그리고 제1막의 나는 2017년, 서유택의 말에 이렇게 대답했겠지. 응, 나도 그래. 우리 친하게 지내자 유택아. 하지만 제2막, 새로운 인생, 기회. 스물둘의 나와 너. 결코 만나지 말았어야 했을, 그러므로.

"아냐, 나는 네가 싫어 유택아."

귓가에 시계 소리가 들려왔다.

-

번쩍 눈을 떴다. 말라붙은 목이 까슬해 몸을 일으켜 세워 연신 기침을 해대며 물을 찾았다. 아직 온기가 남아있는 듯 어지러운 서유택의 책상 위에 있는 작은 물통을 들어 컵에 물을 조금 따른 뒤, 바로 입에 가져다 대었다. 차가운 액체가 목을 타고 흘러 들어갔다. 그제야 정신이 좀 차려졌다. 다시 눈을 비비고 날짜를 확인하니 2021년 4월 24일. 하루가 훌쩍 지났다. 아무래도 그 괴로웠던 일은 단순한 나의 백일몽에 불과했던 거지. 책상을 짚으며 지끈거리는 머리를 쓸어넘기는데 어지러이 갖가지 물건이 펼쳐져 있는 책상에는 볼펜이 자리했다. 고개를 들었다. 마치 누군가 허공에서 떨어트리기라도 한 듯 볼펜이 마구잡이로 굴러다니고 있었다. 순간적으로 책상의 가장자리로 시선을 옮긴 나는 텅 빈 공간을 빤히 바라봤다. 고개가 한쪽으로 기울었다.

어?

어항이 사라졌다.

-

고민정에게 연락해 듣기를, 내가 선물 받은 날 바로 그걸 떨어뜨려 깨버렸다고. 그 허망한 순간을 기억 못 하냐며 질책도 함께 받았다. 나는 휴대폰 너머로 그 말을 들으면서도 여전히 믿어지지 않는 현실에 눈을 느리게 감았다 떴다. 그러다가 한숨을 쉬며 까만 머리칼을 쓸어넘긴다.

과거를 바꿨고, 그로 인해 현재가 바뀌었다. 그래, 믿을수 없지. 하지만 세상에는 믿을 수 없는 것 천지다. 그 예시로 서유택이 내 곁에서 사라진 것이 대표적이다.

나는 그렇게 한참을 침대에 걸터앉아있다가 바닥에 떨어져 있는 선물상자와 시계를 발견했다. 생각이 많아졌다. 슬퍼지고 또 우울해졌다. 그러다가 그걸 다시 주워들었다. 시계는 무한한 것을 유한하게 만드는 것이니까. 내가 스쳐온 모든 시간도 무한한 가능성을 제외하고 내가 바라는 대로 바꾸어줄까 싶어서. 손목에 찬 시계를 다른 쪽 손으로 가렸다. 그리고 기도했다. 유택이를 살려달라고. 속으로 시계 소리에 맞춰 숫자를 셌다. 하나, 둘, 셋, 넷, 다섯.

눈을 떴다.

2017년 4월 21일.
내 방이다.

-

평소처럼 학교를 갔고 고민정을 만났으며 어항을 깼다. 그러나 보건실에는 가지 않았다. 서유택의 첫 번째 진심을 듣지 않는 것이 목표였으니까. 나는 등교 시간 아슬아슬하게 들어가고 학교 마치자마자 딴 길로 안 새고 독서실 갔다. 야자도 하지 않았다. 원래 같았으면 야자 때 쌤 눈 피해서 유택이랑 히히닥거리고 있었을 시간에 나는 공부나 했다. 연필이나 끄적였다. 그렇게 하면 끝일 줄 알았지. 운명이라는 게 장난을 좀 쳐서 하필이면 내가 다니던 독서실, 하필이면 내 옆자리에 김민혁이 들어왔으니까. 가끔씩 김민혁, 서유택 끌고 온다. 나는 그럴 때마다 바로 짐 싸서 독서실을 나갔다. 너를 마주치면 나는 다시 시간을 돌리고 또 다른 상황을 만들겠지만.

"선유야 나 좀 좋아해 줘."

시간을 또다시 거슬러 오겠지만.

-

김민혁은 그랬다. 나를 보면서 유택이랑 싸웠냐고, 아니 친해지지도 않았는데 뭐 때문에 이러냐며. 김민혁은 눈치가 빨랐기에 나는 작게 웃으며 아니라고 했다. 딱히 거기에 변명을 덧붙일 생각은 없었다. 왜냐하면 이유 없이 싫어하는 게 더 무섭기 때문이었다. 또 가뜩이나 의리 넘치는 김민혁은 백 퍼센트 그 변명을 이유 삼아 나와 서유택 사이를 풀어준다며 다시 엮어줄 게 뻔하기에 나는 단호하게 대답한다. 아니, 그냥. 정말로. 아무 일도 없었다고. 그러면서 나는 또 하나 더 묻는다. 양심에 좀 찔리긴 하지만 묻는다. 유택이는 어때. 좀 괜찮아? 그러면 김민혁은 말한다.

"괜찮겠니?"

-

몇 번이나 더 돌아왔다. 2017년 4월 21일로 시작하는 하루를 몇 번이나 더 맞았다. 똑같은 태양, 똑같은 바람, 똑같은 일상 속에서 나는 전혀 똑같지 않은 상황을 만들기 위해 노력했지만, 그럴 때마다 너는 나를 찾아냈지만 나에게 고백했지만, 유택아. 나는 포기하지 않아. 설령 내가 여기서 죽어버린대도 너만 살아있으면 되니까. 나는 목숨을 네게 바칠게.

"선유야, 좋아해."

그러니까 나를 사랑하지 마. 그러면 아침은 올 거야. 닫혀버린 네 세상에도 아침은 올 거야. 영원한 것은 없으니까. 어떤 시간도. 어떤 비극도, 어떤 계절도.

그런데 유난히 오래 머무는 계절이 있어. 유택아, 너는 여름을 참 닮았다. 너는 더운 날 내리는 비야. 제1막의 나, 열여덟의 나는 너를 맞았고 그대로 젖었지만 제2막의 나, 어쩌면 제3막의 나는 이제 그 하늘이 무너지는 것을 피하려 하늘이 없는 곳을 찾아다니고 있어. 말도 안 되고 바보 같지만 그러고 있어.

귓가에 시계 소리가 들려온다.

\-

모든 게 확실해졌다. 어항 때만 해도 불신하던 것이 매번 김민혁이 서유택 왔다고 의자 내팽개치고 나갈 때면 나도 뒤따라가고 싶은 마음 참느라 마구잡이로 꼬집었던 허벅지가 증명했다. 퍼렇게 멍들고 건들면 아프기까지 했다. 이 모든 건 꿈 따위가 아니라고. 그러니까 이건 기회다. 하늘이 내 마지막 기도를 들어준 거다. 그러니까 이런 기회를 망연히 날려 보낼 수는 없지. 더욱더 밖으로 나가는 것을 자제했다. 집 현관 비밀번호도 바꿨다. 서유택은 내가 아프면 달려와서 간호했었으니까. 게임도 끊었다. 서유택은 나 때문에 자기한테는 하나도 재미없을 게임이나 해댔으니까. 오래전 별로 간 용식이 사진을 잠시 치웠다. 서유택은 나 때문에 길고양이에게 밥이나 주는 귀찮은 일을 해댔으니까.

김민혁은 그런 우리, 아니 나 때문에 꽤나 애먹었다. 독서실에 있다가 점심시간만 되면 점심밥을 나랑 먹을지 아님 서유택이랑 먹을지 고민했다. 처음에는 그냥 같이 좀 먹자고 했다가 싫다는 나의 단호한 대답에 한 수 접고 들어가더니 이제는 저런 애처로운 고민까지 했다. 거의 대부분이 내가 괜찮다고 나 혼자 먹으면 된다고 손을 휘휘 젓는 것이었지만 싸가지는 좀 없어도 속 깊은 김민혁은 자기 혼자 규칙을 만들어 이날은 유택이랑 먹고 이날은 선유랑 먹어야지 하더라.

오늘이 그날이었나보다. 김민혁은 내 귀에 꽂혀있던 이어폰을 당겨서 빼고는 밥 먹으러 가자고 손짓했다. 그러고 보니 벌써 시간이 오후 2시였다. 점심을 먹기에는 좀 늦었기에 그동안 나를 기다렸나 싶어 괜히 미안한 마음이 들었다. 그에 나는 고생하는 민혁이를 위해 뭐라도 해주어야 한다고 생각했고 그게 바로 김민혁에게 약 2년 후 일어날 일을 바탕으로 넌지시 충고해주는 것이었다.

"민혁아 너는 수시에 올인해."

"엥? 갑자기 뭔…"

"너는 정시로는 대학 절대 못 가."

"야… 너는 무슨 저주를 퍼부어도 그렇게 퍼붓냐."

"진짜야. 새겨들어. 나중에 후회하지 말구."

그렇게 틱틱대며 우리가 향한 곳은 늘 그렇듯 이변 없이 편의점이었고 나 하나 김민혁 하나씩 산 컵라면과 삼각김밥에서는 모락모락 김이 올라왔다. 김민혁은 배가 많이 고팠는지 방금 물을 부어 넣은 컵라면을 애절하게 바라보며 입에는 나무젓가락 물고 있었다. 그런 그를 볼 때마다 나는 습관처럼 내뱉는 질문이 있다.

"유택이는 밥 먹었대?"

"…으응, 걔네 어머니 출장 갔다가 귀국하셔서 외식했대. 그것도 겁나 고급진 레스토랑."

"아, 그렇구나."

"아까 보니까 디저트로 고급 생크림 케이크 먹는 것 같더라."

부러운 새끼. 김민혁의 말이 채 끝나기도 전에 나는 무의식적으로 내뱉었다. 서유택 생크림 싫어하잖아. 잠시 우리 둘의 시선이 허공에서 맞물렸다. 김민혁은 잠시 그렇게 날 빤히 보다가 입에 물고 있던 젓가락을 뺀 뒤 고개를 갸우뚱거렸다. 그런 김민혁의 모습에 갑자기 속이 찔려 눈을 피했다.

"선유야."

"…어?"

"너는 왜 유택이가 싫어?"

"……."

김민혁은 예리하게 파고들었다. 그건 왜 묻는데? 라며 되묻기도 전에 김민혁이 먼저 선수 쳤다. 나만 모르고 다른 사람들 다 아는 사실인 듯이 굴었다.

"아니 이 너 맨날 서유택 피해 다니는 주제에 걔랑 초딩 때부터 친구였던 나보다 더 잘 아니까 신기하잖아."

"뭘… 그냥 여기저기서 친구한테 주워들었어."

"……."

김민혁은 특유의 날카로운 눈빛으로 날 쳐다봤다. 나는 어색한 미소를 띠며 침만 꿀꺽 삼켰다. 괜히 김민혁의 정강이를 발로 한 번 차며 면 불기 전에 라면이나 먹으라고 말하기도 했다. 김민혁은 그 말에 웬일인지 수그러뜨리고는 고개를 끄덕이며 면을 후후 불었고 나 또한 김이 펄펄 나는 면을 집었다. 그 순간 다시 김민혁이 입을 열었다.

"근데 선유야."

"……."

"걔 생크림 싫어하는 건 진짜 나밖에 모르는데."

"……."

"너는 친구가 참 많은가보다 그치."

그때까지도 몰랐다. 그 말에 대한 답으로 라면을 입에 뭉텅이로 집어넣었던 탓에 데인 입천장이 다 까져버렸다는 것을.

\-

그 해, 2017년에는 커다란 사건 하나가 더 있다. 나는 달력을 넘겨보며 날짜를 계산했다. 중간고사가 끝나고 일주일 후에야 일어난 일이다. 지금은 아무런 표시도 없는 깨끗한 달력이었지만 매년 나는 5월 그 중반 즈음에 있는 숫자에 빨간펜으로 동그랗게 표시해두었다. 그게 아마 내년부터 내가 해야 할 일. 5월 19일, 유택이네 어머니 기일. 그리고 이틀 뒤, 2017년 5월 19일. 그 모든 것의 시발점.

유택이네 가정은 화목했다. 분명한 사실이었다. 남부러울 것 없이 잘 먹고 잘살았고 유택이네 아버지는 자신의 사업을 물려받는 것도 좋지만 너의 길을 찾으라며 주도적인 생활을 가르치셨던 분이다. 막연히 공부만 강요하는 집안에 비해 서유택네 집은 상당히 이례적인 사례였다. 그렇게 무관심을 가장한 관심 속에서 서유택은 가장 진실된 어머니의 사랑을 받으며 커왔는데 그런 유택이네 어머니는 서유택과 똑 닮아 하는 행동도 서유택처럼 한없이 다정하고 속이 깊은 분이셨다. 서유택은 그랬다. 엄마 품에 있으면 아무 걱정이 없어진다고. 그 말을 내 품에서 했다. 웃기지. 하필이면 그런 말을, 하필이면 그런 상황에서. 서유택에게는 난 어쩌면 엄마 같은 존재였고 이 세상에서 가장 소중한 사람이었다. 나 또한 그에 맞는 사랑을 했다고 생각한다.

그러다가 서유택네 어머니는 마치 내가 어제 본 것처럼 생생한 서유택의 죽음처럼 교통사고로 돌아가셨다. 신호위반으로 달려오던 차를 피하려다 유택이네 어머니 차가 뒤집혔고, 그 뒤에서 달려오던 차가 굴러다니던 그 차를 그대로 들이박았고, 쿵쿵 커다란 소리 끝에 그 사이에서 허연 연기가 피어올랐다. 그게 끝이다. 간단했고 파멸적이었다.

아직까지도 생생한 기억 중 하나다. 부고 소식을 전해 듣고 장례식장으로 달려가던 날, 죄송스럽지만 고인보다 서유택의 상태가 더 걱정되었던 날. 손톱을 물어뜯으며 택시를 탔던 날. 숨을 헐떡이며 교복 차림으로 그새 핼쑥해진 서유택의 얼굴을 마주했던 날. 그 앞에서 나는 서유택에게 힘내라는 형식적인 말도 못 꺼냈다. 그저 옆에서 조용히 기도했다. 그러니까 서유택은 그런 나를 보고 힘 빠진 목소리로 그랬다.

"선유야. 신은 나를 버렸어."

그때부터였나. 내가 신을 등지기 시작한 게.

-

이후 서유택은 매년 5월 19일마다 우울하다. 그게 내가 서유택과 졸업 이후 동거하게 된 작은 이유이기도 하다. 확실한 건 그날 서유택의 불행이 늘어났고 소중한 사람을 잃었다는 죄책감에 유일하게 남아있던 서유택의 최선의 선택인 나, 김선유를 붙잡고 늘어진다. 그런데 이제는 안되지. 그러면 안 돼. 서유택의 숨구멍은 나 하나였으니까. 나랑 있을 때 정말 살아있는 것 같다고 했으니까. 나는 차선책을 만든다. 서유택의 숨구멍을 하나 더 뚫는다.

「선유야, 난 엄마한테 안겨 있으면 아무 걱정도 없어지는 것 같았는데.」

「…네가 있어서 다행이야.」

내가 없는 너의 생에서도 숨 막혀 죽는 일은 없게.

-

나 혼자서 서유택이 홀로 지낼 생애를 준비하는 것은 썩 즐거운 일이 아니었다. 이번 이 기회가 성공하게 된다면 어찌 되었든 서유택과 나는 다시는 만날 수 없을 것인데, 무엇보다 지금 그토록 그리웠던 서유택의 얼굴을 보고 있어야 한다는 것이 당장 눈앞에 닥친 가장 괴로운 사실이었다. 그렇게 나는 시간을 계산한다. 독서실에서 주구장창 풀었던 수학문제집을 생각하며 사차선 앞에 서 있다. 이틀 뒤, 서유택의 불행의 근원지가 될 곳을 빤히 바라봤다. 유택아 너는 행복해야 해. 정말로. 너는 행복해야 해. 내 행복과 불행, 나의 목숨을 바쳐 하늘에게 고했다. 유택이를 행복하게 해달라고.

다시 한번, 2017년 5월 19일.
유택이가 신을 등진다.

-

내가 왁 차도로 달려드는 바람에 차들이 우르르 끽 소리를 내며 멈춰 섰다. 그중에서는 까만 유택이네 차도 있었다. 보아하니 급정거 탓에 앞에 차를 박은 듯했으나 심각할 정도로 큰 사고는 아니었다. 다만 큰 사고는 내 바로 앞에서 났다. 갑자기 달려든 나를 가장 앞에서 달리던 차가 쿵 하고 친 것이다. 그 충격에 어딘가에서 떨어져 나가듯 도로에 엎어졌다. 그 뒤로는 막 신호위반을 한 차가 빠르게 지나갔다. 다행이다 싶은 와중에 넘어지면서 박은 뒤통수가 아파왔다. 스르륵 눈이 감기는데 귓가에 들려오는 사람들의 웅성거리는 소리와 함께 서유택의 목소리가 들려왔다.

「뭐든 내가 했던 선택은 최선의 선택이었다고 확신해.」
「그리고 나의 가장 최선의 선택 중 가장 최고의 선택은 너야 선유야.」

나는 회개한다. 그치만 이것은 나의 최선이었으니까, 서유택은 이해해 줄 거다. 용서해줄 거다.

그렇게 2017년 5월 19일.
아무런 일도 일어나지 않았다.

-

눈을 다시 뜬 것은 순식간이었다. 번쩍 천둥 치듯 컴컴하던 앞이 밝혀지자 보이는 것은 하얀 천장이었다. 조용한 병실에는 나뿐인 듯 싶었는데 몸을 일으켜 세워보니 의자에 앉아있는 가족들이 보였다. 엄마 아빠, 그리고 내 소식에 유학 중이던 뉴질랜드에서 달려온 동생은 내게 달려와 괜찮냐며 물었고 다행히 가벼운 뇌진탕으로 많이 다치지는 않았다고 했다. 그런데 가족들이 묻기를, 왜 그 4차선이나 되는 도로에 스스로 뛰어들었냐는 것이다. 나는 그저 씁쓸하게 웃었다. 머리가 어지러워서 중심을 잃었다는 것밖에 핑곗거리가 되지 못했다. 우발적인 사고였다고 말이다.

가족들은 일단 내가 살아있다는 것에 다행인 눈치였다. 안도의 한숨을 내쉬며 내 머리를 쓰다듬는 가족들에 나는 오랜만에 느끼는 따스한 손길을 느꼈다. 그러다 병실의 문이 열리는 소리에 고개를 돌리니 교복 차림의 김민혁, 고민정, 그리고 서유택이 눈에 들어왔다. 서유택의 얼굴을 마주한 순간 나는 작게 숨을 들이쉬었다. 가족들은 친구들이랑 얘기 나누라며 자리를 피해줬다. 그러나 그로 인해 어색해진 것은 다름 아닌 우리였다.

잠깐의 침묵을 깬 김민혁은 내 어깨를 퍽 치며 미친 사람 마냥 거길 왜 뛰어 들어갔냐며 타박했다. 고민정도 마찬가지였다. 민정은 바리바리 싸 들고 온 음료수와 과일을 꺼내면서 궁시렁댔다. 저거 진짜 죽었으면 어쩔 뻔했냐구. 정신 나간 놈이라구. 마침 옆에 지나가던 유택이 아니었으면 어쩔 뻔 했냐구.

마지막으로 서유택은 조용했다. 너무 조용해서 내가 눈치를 볼 정도였다. 그 사이 김민혁과 고민정은 아까부터 서로 멍청이라며 툴툴대더니 올라오다가 지갑을 떨어트린 것 같다며 찾으러 갔다. 둘만 남은 공간, 가만히 서서 나를 응시하는 유택에 힐끔힐끔 쳐다보자 유택이 낮은 목소리로 내게 묻는다.

"선유야."

"……."

"넌 왜 날 싫어해?"

뜬금없는 질문이었다. 나는 그제서야 서유택의 얼굴을 제대로 마주할 수 있었는데 까만 머리칼과 대조되는 하얀 피부가 자꾸만 혀를 꼬이게 만들었다.

"아직도 답 못 해줘?"

서유택은 이 질문을 꽤나 오랫동안 눌러왔던 모양이다. 당장이라도 대답을 듣지 않으면 어디로든 튀쳐 나가버릴 기세였다. 그런 서유택의 모습에 나는 주먹을 꽉 그러쥐었다.

내가 미안해. 뭐든 내가 정말 미안해. 아마 지금, 이 순간 가장 내뱉고 싶은 말은 이거일 것이다. 우리는 항상 그랬으니까. 사소한 이유로 싸우더라도 오랫동안 생각하고 겨우 내뱉는 말이 내가 미안해. 였으니까. 승패가 없는 싸움이었기에 지칠 일도 없이 사랑했다. 소중히 다뤄야만 했다.

"널 만나고 내가 꿈을 꾸는데,"

"……."

"거기서 네가 자꾸 죽는 걸 어떡해."

"……."

그런 널 내가 어떻게 봐. 어떻게 이렇게 똑바로 봐. 그니까, 사실 그건 꿈도 아닌데. 나는 몸이 부르르 떨렸다. 난 아직도 그날만 생각하면 정말로 무서웠다. 네가 내 곁에서 사라지던 날, 커다란 덤프트럭의 바퀴가 너를 짓이기고 지나가던 날, 네가 온다면서 내가 가게 만든 날. 맞아, 너 때문에 내가 여기까지 왔지만 어쩌면 나 때문이기도 해. 너 보내고 내가 어떻게 살아. 대체 어떻게. 나보고 그냥 죽으라는 거잖아. 난 그렇게 가슴이 터지도록 외치고만 싶다. 그 와중에 서유택은 무심하면서도 다정한 눈빛으로 날 보고 있었다. 눈물이 나올 것만 같아서 어금니를 힘주어 꽉 물었다.

"신은,"

"……."

"유택아 신은,"

"······."

"아직 너를 버리지 않았어 유택아. 진짜야. 내가 알아. 내가 그렇게 만들게."

애는, 아무것도 모를 텐데. 무턱대고 뭉툭하게만 내뱉었다. 서유택은 여전히 말이 없었고 나 홀로 눈물을 내지 않으려 애썼다. 그런데도 끝말이 자꾸만 덜덜 떨려왔다. 그에 서유택은 말없이 내 손을 꽉 겹쳐 잡았다.

"괜찮아 선유야. 우리는 함께했잖아."

"······."

"정말이야."

네가 뭘 안다고 유택아. 나는 그런 서유택을 빤히 보았다. 빨갛게 달아오른 눈이 조금 따가웠다. 서유택은 그런 나를 보고 슬그머니 입꼬리를 당겨 미소 지었다. 그러나 눈빛이 흔들렸다. 정말로, 오늘이 마지막일 텐데. 그럴 텐데. 뭐가 좋다고 웃는데 또.

"유택아 생일 같이 못 보내줘서 미안해."

내 말은 확실한 이별 통보였다. 서유택의 생일은 8월. 지금으로부터 석 달이나 남은 시점. 나는 그때쯤이면 동생과 뉴질랜드에서 유학 중일 테니까. 아까 가족들에게 얘기도 했고 그게 맞는 거니까. 그럼에도 서유택은 고개를 저으며 아니라고 했다. 이번에 안되면 내년에 같이 보내면 되지.

응, 그러자.

"…선유야, 네가 어디 있든 내가 꼭 갈 거야."

"……."

"너한테 갈 거야. 꼭."

서유택의 목소리가 귀에 흘러들어왔다. 그게 기약 없는 약속이라는 걸 알면서도 나는 고개를 끄덕였다. 그렇게 맹목적으로 끄덕였다. 내가 너 사랑하는 거 알지? 응… 응. 알아. 응. 유택아. 응. 다 알아.

-

출국 전에 고민정에게 부탁했다.

무슨 일이 있어도

꼭 유택이 곁에 있어 달라고.

너는 나로서만 숨을 쉬었으니까.

나는 너를 위한 차선책이 필요했고,

그 차선책이 나에게는 최선이자 최고의 방법이었다.

미래에서 기다릴게.

쉬고 있어 유택아.

내 생각은 하지 마.

2017년 5월 30일.

김선유가 떠났다.

-

귓가에 시계 소리가 들려왔다. 그와 함께 벨소리에 파드득 몸을 떨며 침대에서 일어났다. 헐떡거리는 숨이 얼마나 괴로운 여정이었는지 말해주고 있는 듯했다. 희미하게 남아 있는 기억, 내가 시계를 껴안고 미친 사람처럼 울던 날. 그날 밤의 착장 그대로 온몸이 식은땀으로 축축했다. 몸을 일으킨 나는 여전히 시끄럽게 울리고 있는 핸드폰을 집어 들었다. 2021년 5월 30일. 서유택이 죽은 지 약 한 달이 지난 시점. 그러나 도저히 말이 되지 않는 이 상황. 핸드폰의 깨진 액정 위로 떠오른 이름은, 다름 아닌 김민혁이었다.

"……."

-여보세요? 김선유?

"…어, 난데."

-너 진짜 저번부터 내내 전화 안 받아서 얼마나 걱정했는지 알아?

"미안, 정신이 없었어."

다 갈라지는 목소리 너머로 나는 알 수 없는 벅참을 느낀다. 그래, 원래였으면 김민혁이 나한테 잔소리를 하고, 심지어 전화를 거는 일 따위는 없었을 테니까. 원래 나는 졸업 이후 네 근황조차 알지 못했잖아. 그러니까 지금 이게.

미래가 바뀐 거다.

─

김민혁은 줄 게 있다며 잠시 나오라고 했다. 어색한 발걸음으로 스물둘의 김선유가, 스물둘의 김민혁을 마주했다. 대학생 김민혁은 정말로 걱정 가득한 얼굴이었다. 어깨에 걸친 까만 가방이 어딘가 모르게 익숙하다 싶었는데 고등학교 때부터 들고 다니던 것이었다. 나는 아무렇지 않게 무슨 일이냐며 물었고 김민혁은 작게 한숨을 쉬더니 나를 빤히 보았다. 곧 고민정도 올 거야. 민정이? 걔 미국에 있잖아. 뭐래, 미국 안 가고 여기서 대학 간 지가 언젠데. 아, 맞다. 그랬지. 깜빡했네.

"…야, 근데 김선유 너…"

"그나저나 유택이는 좀 괜찮대?"

"……."

나는 무심코 그렇게 물었다. 습관처럼 김민혁에게 묻던 말이라서, 나도 모르게 튀어나온 말이었다. 그러나 나는 희망이 있었다. 빛이 있었다. 서유택의 행복. 그리고 나 없는 서유택의 삶은 좀 어떠하냐고 그런 의미로 물은 말이었다. 그러나 김민혁의 눈가가 순식간에 벌겋게 달아올랐다.

"…선유야 제발…"

"뭐가."

"…유택이 죽었잖아. 한 달 전에."

김민혁은 더 내뱉는 것도 힘들다는 듯 목에 핏대가 섰다. 나는 가만히 일그러진 그 얼굴을 응시했다. 그에 내가 내뱉고 싶은 말은 엉엉 소리 내 우는 것도 아니었고 그렇다고 아, 그랬지 맞아. 도 아니었다. 왜? 였다. 대체 왜? 유택이가 왜 죽어.

"너 한 달 동안 연락도 제대로 안 되고 집에서 뭐 하는데. 대체 뭐 하고 지내는데 애가 이렇게나 폐인이야."

"……."

"유택이는… 갔잖아 선유야…"

완벽했고 또 완벽했다. 심지어 서유택의 눈앞에서 사라지는 것까지 완벽했다. 다만 이상한 점은, 내가 왜 여기에 있는지에 대해서였다. 내가 뒤바꾼 과거가 현재까지 이어졌다면 나는 현재 이곳에 있으면 안 됐고 나 대신 서유택이 이곳에서 멀쩡히 깨어났겠지. 그러니까 내가 여기서 깨어났다는 말은, 그 모든 것이 수포로 돌아갔다는 뜻이었다.

그러니까, 실패였다.

그냥, 완벽한 실패.

－

순식간에 말이 없어진 내 앞으로 김민혁은 천천히 까만 노트 하나를 내밀었다. 나는 아무 말 않고 고개를 들었다. 이거 뭐냐고 묻지도 않았는데 김민혁이 말했다. 서유택 일기장이라고. 서유택 죽고 나서, 서유택 어머니한테서 연락이 왔었다고. 그러더니 이걸 건네주시더니 나한테 전달해달라고 했다고 말이다. 그런 유택이 어머니는 암 투병 중이라고 했다. 운명은 이렇게 어떻게든 변수를 만든다. 어떻게든.

나는 잠시 그 손때 탄 까만 일기장을 보다가 눈가가 따가워지는 것을 느꼈다. 나도 전에 본 적이 있던 것이었다. 고등학교 시절 서유택 책상 서랍에 항상 들어있던 것. 저게 왜 서유택네 어머니께 있는지는 모르겠지만 말이다. 나는 가만히 노트의 첫 표지에 손을 댔다. 김민혁은 그런 나를 보고 입을 열었다. 많은 의미를 함축한 듯한 한숨 섞인 마른세수와 함께였다.

"나도 사실 보려고 했는데, 첫 장 넘기고… 도저히 볼 엄두가 안 나더라."

잠시 김민혁을 보던 나는 표지를 넘겼고 맨 앞장, 조금은 누레진 종이 위에 적힌 글자에 순간 정신이 아득해졌다. 그대로 다시 쿵 소리가 나도록 덮어버린 나는 먼저 가보겠다며 그것을 손에 쥐고 도망치듯 뛰쳐 나와버렸다. 심장이 마구잡이로 요동쳤다. 당장이라도 뒤로 고꾸라져도 이상하지

앓을 정도였다. 그렇게 뭐가 어떻게 되는지도 모른 채 집으로 돌아왔다. 헐떡거리는 숨을 고르자 툭 소리를 내며 바닥에 떨어트린 일기장이 펼쳐졌다. 그 맨 앞장의 글자. 누가 보아도 단정한 서유택의 필체. 나는 순간 간절히 묻고 싶었다. 너 대체. 서유택 너 대체 무슨 생각이냐고.

나의 가장 최선이자 최고의 선택, 선유에게.
하나만 물을게. 내가 죽었어?
그렇다면 다행이야.

일기장은 반쯤 채워져 있었고 그 한 장 한 장에는 우리의 기록이 정성스러운 서유택의 글씨체로 적혀있었다. 2017년 4월부터 일기는 시작이었다. 내가 보는 게 부끄러울 정도로 첫 줄은 강렬한 인상을 남겼다.

김선유가 좋다.

그 문장으로 시작해 오늘도 다시 반했다. 라는 문장으로 끝맺는 첫 번째 일기는 내가 이 일기를 손에서 놓지 못하게 되는 이유가 되었다. 그 이후 나는 책장을 넘겼고, 그렇게 서유택을 들여다본다.

2017년 4월 21일

　김선유가 고양이를 키운다는 얘기를 들었다. 이름이 용식이
랬다. 이건 고민정이 말해줬다. 그래서 내가 걔 옆에만 가면 말
도 못 걸고 떨어져 나와야만 했나 보다. 나는 고양이 털 알러
지가 있으니까. 그래서 오늘 아침엔 약도 챙겨 먹었다. 인터넷
다 뒤져서 그나마 알러지에 효과 좋다는 약으로 먹고 왔다. 왜
냐면 오늘은 선유 생일이다. 김민혁이 정시로 빠진다더니 그래
도 양심상 수행은 해야 하지 않겠냐며 한창 바빠 보이길래 그
럼 내가 대신 선물 가져다줄까? 하고 떠본 건데 김민혁이 덥석
물었다. 그래서 룰루랄라 김선유네 반 앞에 서서 목소리를 가
다듬었다. 가까이 갔다가 목이라도 부으면 큰일인데 싶다가도
안에서 들려오는 김선유 목소리에 큰맘 먹고 문을 열었다. 내
가 말을 끝마치기도 전에 선유 손에 들린 어항이 떨어졌다. 쨍
그랑 소리와 함께 나는 김선유를 빤히 봤다. 눈빛이 흔들리고
있었다.

　선유야 너.
　또 왔구나.

2017년 4월 30일

　김선유는 볼 때마다 이상하게 굴었다. 시간이라는 것은, 그

안에 담긴 추억이라는 것은 너무나 유한해서 이과적인 이야기이지만 상황이 어떻게 되든 나 열여덟의 서유택은 이 시간대를 계속해서 살아간다는 것을 회귀자 김선유는 모른다.

이 일기를 쓰기 시작한 것은 선유를 세 번째로 만났을 때부터다. 아무래도 기록해야겠다고 생각했기 때문에. 맨 처음, 원래의 김선유를 만났을 때는 살가웠고, 두 번째 김선유를 만났을 때에는 차가웠고 이번의 김선유는 너무 슬퍼 보였다. 너 열여덟의 김선유가 아니구나. 그리고 그다음 확신했다. 네가 가끔 말실수로 알아들을 수 없는 얘기를 해댄다는 걸 알아.

그래서,
미래는 좀 어때 선유야?

2017년 5월 3일
너는 몇 번이고 왔어. 그 이유는 둘 중 하나겠지. 네가 온 미래에서 나에게 문제가 생겼다던가, 그 문제를 되돌리기 위해서는 우리가 만나지 말아야 한다던가. 아 선유야 너는 너무 착해빠졌잖아. 너 위해서 행동한 게 뭐가 있어. 맨날 나 때문에 그러지. 안 그래?

2017년 5월 10일
요즘은 이상한 꿈을 자주 꾼다. 자꾸만 꿈에서 내가 죽었다.

그 옆에서 김선유는 엉엉 그칠 생각 없이 울었다. 마음이 너무 불편하다. 누군가는 그깟 꿈이야 뭐가 대수냐고 하겠지만 내겐 대수였다. 기어코 대수였다. 내가 죽는 것도 아니고 그저 김선유가 나 땜에 우는 게 나한테는 정말로 대수였거든.

2017년 5월 13일

김선유는 시계만 보고 다니더라. 뭐가 그렇게 바쁜지. 자꾸 학교 앞 사거리를 가만히 보다가 걸어가고, 또 가만히 보다가 걸어가고.

아 물론, 이건 내가 선유를 따라다녔다는 말이 아니다. 고 바로 뒤가 내 학원인걸. 그러다가 김선유가 그냥 눈에 띈 거다. 정말로. 변명이 아니라.

2017년 5월 19일

김선유는 미쳤다. 말하자면 긴데 미친놈이 도로로 뛰어들었다. 그것도 맨날 시계 보며 멍 때리고 서 있던 그 사거리였다. 내가 그때 학원 마치고 나오다가 바로 구급차 불러서 다행이지 아님 진짜 골로 갈 뻔했다.

그렇게 선유가 병원에 들어가고 밖에서 기다리는 동안 엄마한테서도 전화가 왔다. 병원이라고 했다. 오늘 학원 앞에서 교통사고가 있었다고. 그냥 목만 좀 뻐근하고 많이 다치진 않았다고. 정말 다행이라고. 근데 왜 난 전혀 다행이 아닌 것 같지.

2017년 5월 20일

김선유는 꼬박 하루 만에 깨어났다. 나는 소식 듣고 학교에서 바로 뛰쳐 나가려던 거 김민혁이 겨우 말려서 진정했다.

병실에 있던 김선유는 너무 열여덟 살처럼 사랑받고 있었다. 그래, 너는 사랑받아 마땅할 애니까. 그 앞에서 들어갈까 말까 고민하다가 김민혁이랑 고민정 따라서 들어갔다. 김선유는 여전히 내 눈치를 봤고, 나 또한 내가 가장 궁금해하는 것에 대해 물어볼지 말지 고민 중이던 참이었다. 그러다 마침 둘밖에 남지 않은 시점에 나는 결국 물었다. 너, 왜 내가 싫냐고. 확실한 목적 없는 질문이었지만 선유는 꿈 얘기를 했다. 그렇구나. 미래에서, 내가 죽는구나. 그래서 네가 날 살리려고 온 거구나.

2017년 5월 28일

김선유가 동생따라 유학 간다고 한다. 근데 난 또 이걸 고민정한테 들었다. 어떡하지.

2017년 8월 5일

김선유를 찾아갔다.

-

기억이 난다. 전혀 익숙하지 않은 기억, 새롭지만 오래된 기억이다. 2017년 여름, 서유택이 뉴질랜드로 찾아왔던 날. 생일을 같이 보내려고 왔다고, 내가 꼭 온다고 했잖아. 하며 활짝 웃던. 그렇게 난 꼬박 한 달 뒤에 유학을 포기하고 다시 한국으로 돌아갈 수밖에 없었지. 너 하나 때문에.

2017년 8월 5일, 유택의 생일. 그 시점에서 일기는 다시 2017년 4월 21일로 돌아간다. 아까와 비슷하지만 확연히 다른 티가 나는 서유택의 글씨. 첫 문장.

2017년 4월 21일
선유가 또 왔다.

-

나는 집에 박혀있던 한 달 동안 시간을 거슬렀고, 그 역행하는 시차 속에서 서유택을 구하고 미래에 멀쩡히 살아있기 위한 그 모든 방법을 시도했다. 그 모든 것이 이 일기장에 담겨 있었다. 서유택은 모든 것을 덤덤히 기록하며 내가 과거로 돌아올 때마다 평소같이 행동하다가도 마지막에는 꼭 내게 돌아오겠다는 말을 남겼다.

이번이 몇 번째 타임슬립이었는지.
기억나지 않는다.

「너한테 갈 거야. 꼭.」

서유택의 말. 서유택은 정말로 기억도 나지 않는 시간의 굴레 속에서 나를 매번 찾아왔고, 내가 어디에 있든, 어디에 살든, 어떤 모습으로 있든 나를 진득이 사랑하며 끝끝내 손 맞잡은 채 비극의 끝을 달렸다. 그렇게 서유택은 죽고, 죽고, 또 죽었다. 그와 함께 나는 살고, 살고, 또 살았다.

후텁지근한 열감이, 마지막 장을 넘기자마자 순식간에 몰려왔다. 몇 번이나 고쳐 쓴 듯해 보이는 종이가 구겨져 좀 울퉁불퉁했다.

-

그 모든 결말을 네 탓으로 돌리지 않았으면 좋겠다. 선유 너는 오래 생각하고 결국은 내게 다 져주는 아이였잖아. 나는 몇 살인지도 모를 너를 같은 시간 속에서 몇 번이고 만났고 몇 번이고 다시 사랑하기를 반복했어. 그렇게 된다면 우리의 끝이, 정해져 있다는 걸 알아. 그래서 네가 왔던 거겠지. 나를 살리기 위해.

그런데 선유야, 난 말이야. 우리가 살기 위해 서로 모르는 사이로 지내야 한다면 차라리 너랑 같이 있는 걸 택할래. 네가 없는 삶에 나더러 뭘 하고 살아가라는 거야. 내가 이럴까봐 네가 김민혁과 고민정과, 우리 엄마를 살리고 내 곁에 둔 걸 알아. 그렇지만 내 미래는 내가 만들어 가는 거야. 난 그렇게 배웠어. 김민혁과 고민정은 언제나 네 곁에 있을 거야. 네가 그런 미래를 만들었으니까. 그리고 나는 너와 함께하다 비극을 맞을 미래를 만들었던 것뿐이야. 그럼에도 넌 와줬어. 날 위해 넌 왔어. 날 사랑했던 거지? 내가 모르는 미래에서만큼은, 우린 사랑했던 거지? 그래. 난 그거면 돼.

선유야, 잠시나마 너를 만나서, 살 수 있었어. 너를 만나기 위해 살았고, 너를 만나 살았고, 너를 다시 만나기 위해 살아갈 거야. 네가 앞으로 이곳에 몇 번이고 더 올지도 모르겠지만 그럴 때마다 갈게. 네게 갈게. 누구보다 빨리 갈게. 가서 또다시 널 사랑한다 말할게. 그건 내가 제일 잘하는 일이니까.

울지마 선유야.
약속이야.
사랑해. 또 보자.

-

서유택은 꼭 여름 같다. 여름에 태어난 서유택은 너무나 여름 같다. 사실은 사계절 내내 모든 것이 너 같다. 여름날의 차가운 여름비 같고 겨울날의 녹은 눈 같은 사람이다. 너무 춥지도 않고 덥지도 않은. 열대야에 잠을 설치지 않아도 되는 딱 적당한. 여름과 가을 사이의 서늘한 바람 정도의 온도. 그래서 더 아름다웠던. 그런 네가 어느 날 차갑게 식었고, 그게 정말 너의 선택이었단 말이지 유택아.

다시 너를 살리기 위해 돌아간다 해도

넌 나를 다시 찾아올 거라는 걸 알아.

그 시간 속에서 넌 나를 얼마나 사랑했어. 매 순간, 몇 번이나, 얼마나 많은 고백과 사랑을 내게 전했어. 얼마나 아팠어. 나는 내가 행복했다고 느꼈던 순간조차, 너에게는 괴로움 투성이었을 텐데. 날마다 알러지약 먹으면서도 넌 내가 좋다고 따뜻하게 안아줬잖아. 나는 몰랐는데 너는 나를 사랑하려고 얼마나 힘들었어. 매번 나한테 고백하면서 얼마나 울고 싶었니. 나한테는 너였기에 사랑이 이렇게나 쉬웠고 네가 싫다는 말도 막 내뱉던 나였는데. 그런데도 너는 끝까지 나 사랑한다고 했는데.

그래. 나는 있잖아. 나도 있잖아. 너를 만나서 살 수 있었어. 너를 만나기 위해 살았고, 너를 만나 살았고, 너를 다시 만나기 위해 살아갈 거야. 그러니까 유택아. 만나자. 아득할 정도로 사랑할게. 네가 날 사랑한 만큼 더 사랑할게. 그리고 안아줘. 시간의 굴레 속 그렇게 우리가 부서지더라도 네 파편까지 내 입으로 삼킬 테니.

–

유택아.

결말이 정해진 너의 생을 나에게 바쳐줘서 고마워.

이제 내가 너를 찾아갈 테니

그렇게 우리가 또다시 비극을 맞더라도,

나는 또다시 네게 돌아가 이렇게 말할 거야.

나 또 와버렸다면서,

스물을 훌쩍 넘은 내가, 열여덟의 너에게.

"유택아, 나는 또다시 같은 꿈을 꾸었어."

2017년 4월 21일.

서유택을 만났다.   完。

제 2 장

어느 날,
요동치는 삶의 파도에서
다만 푸른 사람을 보았다.

인어공주

얼마 전 손목을 깊게 그은
당신과 마주 앉아 통닭을 먹는다

당신이 입가를 닦을 때마다
소매 사이로 검고 붉은 테가 내비친다

당신 집에는
물 대신 술이 있고
봄 대신 밤이 있고
당신이 사랑했던 사람 대신 내가 있다

한참이나 말이 없던 내가
처음 던진 질문은
왜 봄에 죽으려고 했느냐는 것이었다
창밖을 바라보던 당신이

내게 고개를 돌려
그럼 겨울에 죽을 것이냐며 웃었다

마음만으로는 될 수도 없고
꼭 내 마음 같지도 않은 일들이
봄에는 널려 있었다
〈그해 봄에, 박준〉

"지금 엄청 예쁘다."

머리카락은 축축하게 젖은 채, 오들오들 떨고 있는 모습은 마치 동화책에서 나온 듯 아름다웠다. 그 이름이 뭐였지. 인어공주였나. 그냥 부르기 남사스러우니까 인어라고 부를게요. 내가 입꼬리를 올려 씩 웃었다.

"나 왜 살렸어?"

조금은 원망스러운 눈빛으로 날 바라보았다. 이 사람은 스스로 바다에 몸을 던졌다. 동화 속 그 인어처럼 말이다. 바보같이 사랑에 데이고 몸을 던졌다. 고 요동치던 허연 파도 속에서 그 사람을 건져온 나는 아직까지 추위에 몸을 떠는 눈앞의 그이를 바라보았다. 봄인데도 추워 보였다.

그 사람의 질문에도 한참이나 말이 없던 내가 처음 던진 질문은 왜 봄에 죽으려고 했냐는 것이다. 나의 질문에 여전히 그 숫기 없는 얼굴의 사람은 그제서야 웃었다. 창밖엔

아까 우리를 덮쳤던 파도가 일렁였다. 늦은 봄비가 내렸다.

"그렇다고 겨울에 죽을 순 없잖아."

인어는 얼어 죽으면 안 돼. 그런 모습에 왜인지, 그렇지 않을 거란 걸 나는 누구보다 분명히 알면서도 저 사람이 바다에 몸을 던진 이유가 나 때문이었으면 좋겠다는 생각이 들었다. 그이는 파도에 몸을 던져 죽으면 자신을 구해줄 왕자가 나타난다고 믿었던 게 틀림없었다.

우울할 땐 레몬사탕이지!

가야 할 때가 언제인가를
분명히 알고 가는 이의
뒷모습은 얼마나 아름다운가.
〈낙화, 이형기〉

K가 즐겨 먹던 노오란 레몬 사탕은 시다. 나의 J, 넌 그
게 무척이나 새그롭다며 입에 담지도 않았지. 곧 달콤한 맛
이 찾아온대도 넌 그걸 그대로 뱉어버렸던 것을 나보고 어
쩌란 말이야. 좀 좋아해 주라. 레몬 사탕이 서운하대. 응?

K가 J를 사랑하는 꿈을 꾸게 된 것은 그가 딱 열아홉이
라는 숫자를 마주했을 때였다. 고백하다 차인 곳의 흉터가
아팠다. 생각해보면 말도 제대로 안 해보고 내 마음 못 알
아준다며 화내던 K가 퍽이나 어리석었다. 그저 꿀꺽 삼켜버

린 말 토해내면 떠나가 버릴까 해서 가슴 아픈 사랑만 쥐고 흔들며 별 유난을 다 떨었구나. 이런 게 다들 짝사랑이라 하던데 짝사랑이면 짝을 이루어주어야지 모순적인 말에 열아홉의 그는 인상을 찌푸리며 고개를 저었으리라 확신한다. 사랑이라 하면 얼굴 붉히고, 사랑 아니라 하면 화내던 열아홉, 학교에서의 추억은 그것으로 다였다. K에게는 J가 전부였다고. 그러니 J, 내게 시간을 좀 줘. 사탕 하나 까먹을 정도만.

J, K가 졸업하기 전까지 너 꼬신대. 열아홉의 막바지에서는 스물이라는 완벽한 수를 놓고 갈팡질팡하던 청춘들만이 존재했다. 그러나 우리 청춘에 쌍으로 통하는 사랑 없고 푸를 청 자를 쓴다지만 내 청춘에서 푸른 것은 사랑 없는 추위에 퍼렇게 질린 내 입술뿐인데 봄 춘이 아니라 겨울, 그 계절에 멸한 사랑. 웃기게도 K는 그 사랑을 사랑했다. 패기라 하는가 오기라 하는가. K는 오히려 J의 발자국 남아 구겨진 사랑을 앞에 두고 입에는 레몬 사탕 가득 물고서 뭉그러진 발음으로 사랑한다 말할 사람이었다.

J야 사탕 먹을래. 저 사탕 싫어하는데요. 차가운 J의 말에 K가 J에게 건네었던 사탕을 도로 제 주머니에 넣었다. 입술을 삐쭉 내민 K는 지치지도 않는지 팔팔했다. 야, 레몬 사

탕 조음… 조아해조오… 서운하대. 나도오… 서운하고. K의 말에 J는 단호했다. 어차피 입에서 녹아 없어질 거 왜 먹어요?

J라는 이름을 가진 얼음공주님은 정확히 K의 열 번째 고백에 그들 사랑에 대해 정의를 내렸다. 마음먹은 대로 하세요. 신경 안 써요. 그래서 K는 결국 모든 마음 끌어안고 하롱하롱 J에게서 떨어져 나갈 준비를 했다. 마음먹은 대로 하라는 네 말에 혹여나 네가 말했던 것처럼 입에 넣은 레몬 사탕처럼 녹아버릴까 너 사랑하던 마음은 먹지 못하였으니.

J를 싫어해서 떠나는 것도 아니었고 또 좋아해서 떠나는 것도 아니었다. 그저 그 시큼한 향과 달아버린 사탕(사랑)에 질렸기 때문이라고 해두자.

모순적이게도 K가 떠나간 후에야 J는 사랑을 시작했다. 겨울이었고 열아홉이었다. K는 스물이었다. 열아홉의 J는 K가 떠나고 나서야 시큼한 시트러스 향 잔뜩 나는 사물함 앞에서 짠 레몬 사탕을 맛봤다. 깜빡거리는 J의 눈에서 빛나는 사탕 조각이 떨어졌다. 세상에서 그렇게 짜디짠 사탕은 없을 것이다.

사탕은 왜 단가. 눈물은 왜 짠가. 사랑은 왜 고통스러운

가. 인연은 왜 엇갈리는가. 마치 레몬껍질을 한 딸기 사탕 같았다. 아무 미동도 없이 서 있는 J의 주위에는 사탕 껍질만이 남아있었다.

　-

　　사랑하는 J에게.

　　애환 섞인 게 사랑이었다면, 그 사랑이 사탕이었다면,
　　난 껍질을 벗겨 먹지 못해 입안이 온통 상처였을 거야.
　　그러니 다행이라 생각(하려고 노력)해.
　　껍질도 언젠가 녹아서 달콤해지겠지 뭐.(아마도 그럴걸)
　　근데 나는 못 기다리겠다.

　　내 열아홉에서 열에 아홉은 너였어. 마지막 선물이기도 하고, 너 (안)좋아하는 레몬 사탕 가득 사서 네 사물함에 놔뒀으니까 부디 기쁘게 받아줘!

　　안녕.

　　K가.

\-

사탕을 까먹고,

사랑을 까먹고.

익숙함에 속아 사사로이 여기던 사랑 껍질 벗기면 K의
온도에 끈적히 녹아버린 액체만이 있을 것이외다.

93

Cherry Picker

레드에게.

넌 아직도 그 체리 케이크 좋아해?
아무리 이기적인 너라도,
이타적인 사랑을 추구할 줄 알아야 해.
부디 정신 체리길 바라.

미련 체리 씨만큼 남은 블루가.

우리 사랑 반으로 쪼개면 정확히 반은 내가 네게 베풀던
사랑이었고 또 다른 반은

그 죽일 놈의 체리였다.

블루와 레드는 대부분의 시간을 케이크를 먹는 데 소비했다. 레드는 특히나 체리가 올려진 케이크를 좋아했고, 항상 그 케이크에 대한 돈을 지불하는 것은 나였다. 너는 항상 그 새콤씁쓸한 체리만을 음식으로 취급했으니 이 모든 것은 어찌 보면 당연한 일이었다.

체리 케이크 10,500₩ X 100 = ?
통장잔고? 0₩

지금 난, 자금난. 블루의 통장잔고 빵원. 그깟 체리가 뭐라고 죽기 살기로 덤볐는지. 몇 번이나 널 지워버리고 너 없는 세계로 떠나기 위해 노력했으나 체리 없는 체리 케이크가 맛이 없듯 너 없는 내가 무슨 소용이 있으랴!
하지만 레드는 체리 하나 먹으려고 그 비싼 케이크를 가지고 온다고. 마치 체리 하나 먹으려고 나와 사랑하(지않)는 것처럼.

두 눈과 귀를 막고
숨 쉬는 코와 입까지 막고 나서야
너 없는 무에 도달했나.

아님 그 모든 것을 뜯어내서라도
너 없는 무에 도달하고 싶었나.

레드와 나누던 사랑은 마치 물처럼 형태가 없었다. 가끔
은 딱딱하게 얼다가도 다시 주르륵 흘러버리는 액체가 되었
고, 또 금일에는 어떤 모습인가 보았더니 콸콸 흐르는 폭포
수가 되었구나.

넌 언제나 그런 우리 사랑에서 발을 담구었다 뺐었지.
혹여라도 내가 네게 뭘 원하기라도 할까 봐?
나의 일방적인 사랑에 돌아오는 건,
딱딱한 체리 씨뿐이었더라.

야, 잘 봐.
케이크에서 체리만 쏙 빼먹는 너를 품으려다
이기적인 레드로 얼룩진 나를 보라고.

이익만을 취하는
이기적인 너를 이겨 설 수가 없어서
이만 지친 나는 봄에 피는 벚꽃처럼 지려고.
이제 그럼 네가 그토록 좋아하던 체리가 되려나?

닳아버린 사랑은 너무나 달았고
네가 남긴 체리 씨만큼 작고 딱딱했으며
닿을 듯 말 듯 가까웠으나 닿지 않았다.

새콤한 걸 좋아하는 너라도
가끔은 달콤한 것을 따라갈 줄 알아야 해.

그러니 레드.

달아
닳아
닳아버린 사랑을(나를) 천천히 음미해

줘!

체리피커 [cherry picker]
　　: 기업의 상품이나 서비스를 구매하지 않으면서 자신의 실속
　　을 차리기에만 관심을 두고 있는 소비자를 말한다. 케이크는
　　먹지 않으면서 케이크 위에 올려져 있는 체리만 빼내어 먹는
　　행위에 비유하여 나온 표현. 〈두산백과〉

2021 . 1 . 6

눈사람 만들러가려고

나서!

오나

호두과자 먹고 싶지 않니

책을 몇 권 샀다. 곧 해가 바뀌니까 새로운 마음으로 시작하고 싶어서? 음, 그런 뭐 형식적인 이유 따위다. 사실 살 생각은 없었는데 전학을 가는 친구 덕분에 어쩌다가 서점을 가게 돼서 거기서 눈 맞은 애들 몇 개 구매했다. 더 솔직해지자면 그 친구 선물 사러 갔다가 나도 몇 권 샀다. 근데 사려던 것보다 많이 샀다. 다시 생각해도 이건 충동구매가 맞다. 그런데 생각보다 얼마 나오지 않았다. 다섯 권 샀는데 6만 원 정도. 그 정도면 그냥 적당한 거 아니냐고 누가 어이없다는 표정을 하고 묻는다면 그건 내게 책이 어떤 의민지 모르고 하는 소리다.

양식이다. 웃기지만 그렇다. 책은 마음의 양식이라는 멋진 어른이 한 말처럼 책은 내게 양식과도 같은 존재다. 어릴 때는 딱히 의미 없었다. 도서관에서 매일같이 책을 빌려서 독서통장이 마지막 장까지 꽉 채워져도 별로 크게 신경 쓰지 않았다. 다독상을 받을 때에도 그랬다. 이거 하나 받겠다고 매일같이 도서관을 가던 건 아니어서. 그러다가 초등학교 4학년쯤 돼서 책이랑 절교했다. 아무래도 신문물에 적응하던 시기라 권태가 온 탓이었다.

그런 내가 글을 쓰기 시작한 것은 초등학교 6학년 때쯤? 시답잖은 문장 몇 줄 적고 소설이라고 히히닥대던 흑역사의 시작이다. 예전처럼은 아니지만 중학교에 올라와서는 책이랑 좀 친해진 것 같다. 본격적으로 글을 쓰겠다고 다짐한 중학교 2학년 때에는 책을 쓰기 시작하면서 미친 듯이 읽었다. 사람이 좀 살 것 같았다. 그때까지의 나는 낭만 실조가 좀 있었다. 그에 처방을 책으로 한 것뿐이다.

도서관이 좋고 서점이 좋다. 그래놓고 굳이 노력해서 찾아가는 편은 아니다. 그냥 끌리면 가는 거고 아니면 마는 거다. 고등학생이 책을 조금 혐오하는 것에는 그럴만한 이유가 있으니까 이러한 변덕에는 이해가 좀 필요한 것 같기도. 그래도 걔네는 나를 반긴다. 책 냄새가 나를 반기고 즐비한 도서들이 나를 반긴다. 그래서 좋아한다. 염치없지만 그래도.

글쎄, 이별 선물로는 책이 좋지 않나. 책 하나에 그 작가의 인생 대부분이 들어있다는 걸 사람들은 알까 싶기도 하고. 적어도 나를 좀 살 만하게 해준 책은 그런 의미다. 회고록? 여행기? 비망록? 뭐 그런 단어들 있잖아. 거창한 것. 실제로 내게는 소중한 것. 다섯 사람의 인생을 육만 원에 샀다. 그것도 너를 생각하면서 고른 거다. 내게 소중한 것. 그걸 너에게 준다는 건 하나의 새로운 인생과 그에 따른 나를 죄다 보여주는 셈이다.

그러니까 떠나는 친구에게 책을 선물하는 건 나를 생각하라는 거다. 그 사람의 인생과 문장과 단어와 닮은 네가 그 모든 걸 선물해 준 나를 떠올리라고. 그러다가 울면 나를 좀 원망하라고. 걔는 사실 뼈이과라 이 감성 이해하지 못할지도 모른다. 그래도 막상 선물을 주니까 엄청 기뻐했다. 알다시피 모든 선물은 받으면 기쁘다. 나도 너와의 이별이 선물과도 같았으면 했다.

그러나 결국은 눈물이다. 숱한 예고에도 불구하고 다가오는 이별에 커지는 건 슬픔이고, 서울로 전학을 간다는 네 말을 믿고 싶지 않았던 건 그것에 대한 저항이다. 다자이 오사무의 인간실격 중에 그런 구절 하나가 있다. 신에게 묻겠습니다. 무저항은 죄입니까? 암만 봐도 죄다. 그렇게 바로 받아들이고 수용하면 그건 너무 슬프다. 그리고 그건 걔한테도 좀, 슬플 거다.

기다릴게. 그 말에 책임을 져야 한다. 몸은 멀어져도 결국엔 내가 찾아오게 만들던 도서관처럼, 그런 존재가 되어야 한다. 미련을 남겨야 한다. 다시 나를 찾아오게 해야 한다. 편지를 써야 한다. 나의 주소를 남겨야 한다. 다시 만나야 한다. 그래야만 한다고 나는 다짐한다.

책을 읽어야겠다. 네가 연락도 되지 않는 그곳에서 자리에 앉아 열을 내고있는 동안 나도 너와 함께 책을 읽어야겠다. 아, 그럼 함께라는 말은 좀 모순인가. 그래도 옆에 있다고 생각할란다. 그게 아무래도 덜 눈물 난다. 우리는 함께 낭만을 좀 집어삼킬 필요가 있다.

너에게. 그랬으면 해. 네게 주는 처음이자 마지막인 편지에도 썼지만, 우리 다시 만나면 네가 읽은 책 얘기하고 내가 읽은 책 얘기하며 시간을 보내자. 사실 이건 다시 보자는 핑계야. 속아 넘어가 주면 좋겠어. 생일 때는 우리 꿈에도 한 번씩 나와줘. 혼자 보내는 생일은 별로야. 그리고 사실 책날개 쪽에 작은 편지 하나 더 써놨어. 네가 발견할지는 장담 못 하겠다만 넌 꼼꼼하니까 발견할지도. 내가 지저분하게도 흔적을 좀 남겼지? 그만큼 추억에 간절하다는 거야. 이해해 줘. 오늘 남긴 영상들은 네가 가면 꼭 다 보도록 할게. 인사는 그동안 수없이 했지만 뭔가 여기서는 신중해지는데 도무지 어떻게 마무리를 해야 할지 모르겠어서 그나마 제일 쿨해 보이는 작별로 골랐어. 잘 가.

(사실 너한테 준 편지 두서없이 막 썼다고 했지만 다섯 시간 동안 메모장에 쓴 다음 종이에 조금씩 수정하면서 옮겨 쓴 거야. 새벽 감성 그런 거 아니고 완전 순도 백퍼 내 진심. 음… 부끄러우니까 이건 평생 몰랐으면.)

*추신

아 맞다. 난 내일 너의 마지막을 보러 공항에 갈 거야. 울지 않도록 노력해볼게. 돌아오는 길에는 호두과자를 사서 먹어야겠어. 그렇게 목을 꽉 메운 뒤 울었던 게 아니라 변명하고 싶다.

*추추신
곧 내 인생을 담은 책을 선물해줄게.

그리운 이질감이라는 게 있다

  부쩍 추워진 것 같다. 갑자기 찾아온 겨울과 추위에 주변
에는 감기에 걸리는 사람이 많아졌다. 내 친구들 몇은 목이
상해 완전히 목소리가 쉬어버리기도 했고, 만성 비염을 달
고 사는 친구는 익숙하다는 듯 코를 훌쩍댄다. 정말로 겨울
이 온 것 같다. 이렇게 또 한 해가 가려나 보다.

  호주는 사계절이 모두 여름이라고 했다. 어릴 적 호주에
사는 엄마의 친구가 바닷가에서 수영복 차림으로 자그마한
트리를 들고 있던 사진에 대한 기억이다. 일년내내 태양이
지지 않는 곳은 어떨까. 지금 생각해보아도 쉬이 마음에 다
가오지 않는다. 경험해보지 못한 탓이다. 처음엔 신기했고
보다 보니 이상했다. 그런데 바꿔서 생각해보면 그 사람들
은 3개월을 주기로 환경이 바뀌는 우리를 이런 감정으로 바
라보고 있지 않을까 싶었다. 그것도 또 하나의 이질감. 이
렇게 보니 이질감이라는 게 그냥 나와 다르다는 이유로 툭
튀어나온다. 혐오가 되지 않도록 조심해야 하는 감정이다.
하지만 나는 그들의 여름에 살아보고 싶다.

  이렇듯 가끔 이질감이 드는 물건들이 있다. 어느 하나가
그 배경과 전혀 걸맞지 않아 느껴지는 요상한 감정 따위를
일컫는 것이다. 예를 들면 한여름의 함박눈이라던가, 가을의
장미가 있다. 또 하나 추가하자면 여름 바다의 크리스마스

트리는 아무리 생각해도 이상한 것 같지 않나? 이게 바로 이질감이라는 거다. 고로, 내가 사는 세계에서는 아마 찾아보기 힘들 거다. (아무래도 17년 내내 살다 보니 익숙해진 탓이겠지)

이 감정을 근래에 느껴본 적이 있다. 그렇다. 전혀 어울리지 않는, 뉴욕이라는 영문이 박힌 주황색 스냅백을 쓰고 밭에서 돌아오시던 할아버지가 떠오르는 건 괜한 기분 탓이 아니었다. 교양있게 모자를 벗어 단정히 옷걸이에 걸어놓는 것까지 녹화라도 해 놓은 듯 머릿속에서 반복 재생된다. 처음에는 웃겼고 그다음은 이상했다가도 지금은 슬프다. 그냥, 좀 마음이 그렇다. 이제는 주인 없는 그 모자의 행방을 몰라서 더 그런 거다. 그런 것 같다. 아마도.

사람의 다정함이 그립다. 내가 겨울을 좋아하는 이유는 그 다정함을 느낄 수 있기 때문이다. 춥다고 하면 붙어 앉을 명분이, 옷 따뜻하게 입고 다니라는 덕담을 할 명분이 있기 때문에. 할아버지께서는 겨울이 되면 옷을 따숩게 입으라고 말씀하시곤 했다. 내게 예쁘게 입지 말고 따뜻하게 입으라고 하셨다. 깔롱 좀 부리려 하니, 모르겠고 이마이 두꺼운 걸 입으라는 할아버지의 말씀에 나는 애같이 입술 툭 튀어나와 삐졌던 적도 있다. 지금 생각하니 당시 중1, 그 요상한 패셔니스타 감성은 누구도 이길 수 없을 거다.

확실히 이것도 이질감이다. 중학교 이전부터 이어진 나의 화려한 이력에 따르면 이쁘장한 원피스 위에 오리털 패딩을 입고 털모자를 쓰고 발에는 보석 달린 구두를 신는 게 이질 감의 끝판왕이 아니고서야. 그치만 입었다. 나는 그렇게 입었다. 개성 위에 다정함을 걸쳤다. 때 묻은 사람의 다정함이 좋다. 원망하고 미워하는 마음 하나 없이 둘러주는 애정의 목도리가 좋다. 원피스에 운동화, 청바지에 공주풍 빨간 구두. 그 위의 외투. 그것이 다정함. 그렇게 컸다.

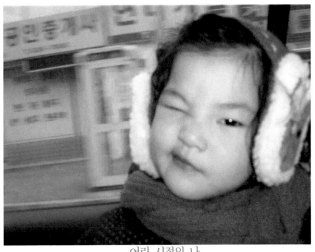

어린 시절의 나

나의 이질감은 또 다른 누군가의 일상이다. 바쁘다며 부산으로 날아가는 것도 미루고 미루다 간 그날에 겨우 한 번 보고 그랬다. 돌아가시고 나서야 할아버지의 스웩 넘치는 일상을 사진으로라도 남겨놓을 걸 하는 아쉬움이 남는다.

이제는 그 목소리 한 줌도 다시 들을 수가 없으니까. 겨울의 다정함이 없으니까. 이질감이래도 나는 이제 주황색 뉴욕 스냅백이 내 일상이 되었으면 했다.

나는 지금 옅은 감기를 앓고 싶다. 더도 말고 덜도 말고 적당히 콜록대는 정도가 좋다. 하루 정도 집에서 쉬며 다정함을 온몸으로 끌어안고 싶다. 별로 칼칼하지도 않은 목에 내미는 감기약도 좋다. 사실 감기약이 좋은 게 아니라, 감기약을 건네는 그 손이 좋다. 이불을 턱 끝까지 올려주는 다정함이 좋다. 다정함이 그립다. 어느 순간 닿을 수 없는 다정함이 되어버린 겨울의 주황색 이질감이 아른대고.

그 다정함에
옅은 감기를 좀 앓고 싶다.

*추신

할아버지께서 닦아놓은 길을 따라

그것을

그립다.

라고 한다는 것을

나는 3년 후 길거리 낡은 오토바이 하나 앞에서 깨닫는다.

천국을 그리다

2016년의 독일

　유지혜 작가의 〈쉬운 천국〉이라는 책을 좋아한다. 서울 명동 한복판을 걷다 보면 꼭 한 번씩은 마주치는 교회 이단아의 팻말을 떠올렸을 때 아무리 봐도 '쉬운'이라는 형용사와 '천국'이라는 고귀한 명사가 붙어먹는 건 이상해서. 아니, 도무지 있을 수가 없는 일이라서. 그래서 처음 본 그 순간부터 겨우 그 단어 하나가 뇌리에 박혀있다. 신을 믿고 자신의 죄를 속죄한 뒤에야 도착한다는 천국이 쉬울 리가 없잖아. 그렇게 생각한 이유는 내가 천국을 쉽게 여기고 싶지 않았기 때문일까.

　숱한 노력 끝에 얻는 것들에는 뿌듯함이 묻어나는 건 당연한 거니까, 함께 찾아오는 성취감이 지나온 모든 기억을 순화시키고 왜곡시키는 건 처음 겪는 일도 아니니까. 난 아마 그런 걸 원한 모양이다. 아무래도 과정이 힘들면 그만큼

성취한 것이 크게 느껴진다. 하지만 책에서는 그런다. 스무 살의 어느 한 자락을 여행에 바친다. 뉴욕, 베를린, 런던, 파리… 수많은 나라를 거닐며 여유를 즐긴다. 작가에게는 그런 것들이 천국인 건가 싶었다.

해외로 여행을 가 본 건 초등학교 5학년을 끝으로 지금까지 한 번도 없다. 사실 그때부터 내 인생이 좀 바빴다. 인생 최악의 점수와의 강렬한 첫 만남, 그와 함께 시작된 수학의 악몽. 그걸 극복하기 위해 꽤나 노력한 것도 같은데 아직까지 수학은 잘 모르겠다. 그렇게 바쁘게 이리 뛰고 저리 뛰어 정신 차려보니 제주였다. 환상의 섬이라는 명성이 웃기게도 나는 환상의 학교생활을 이곳에서 해왔고 지금까지 해가는 중이다.

이걸로 내가 하고 싶은 말은 여태까지 여행을 가지 않은 것은 나의 자의가 아니라는 거다. 뭐든 여행이야 구태여 마다하는 사람이 있겠냐마는 지금 보면 여행을 갈 여유가 있어도 상황이 심각했다. 그래서 내겐 천국이 없었다. 매일같이 마스크로 얼굴 반절을 모조리 다 가리고 나가는 일상에서 힘 다 빠진 생선 같은 눈동자를 하고 겨우 헐떡대는 명을 유지하는 것이나 마찬가지다.

오늘따라 유독 허기가 졌다.
황혼을 먹고 싶었다.

낭만 실조에 걸린 것 같았다.
날 보고, 네가 웃었다.
포만감에 숨 쉬지 못했다.
〈낭만 실조, 이훤〉

낭만 실조에 걸린 거다. 아무렴 천국이라는 낭만적인 단어를 품지도 못하고 발음도 제대로 못 하는 내 주제에 낭만을 바라면 안 됐다. 그래서 난 좀 죽었다. 정해진 대로 사는 건 딱히 내 성정에 맞지 않았지만 그래도 몸을 움직인다. 살지 못하고 움직였다. 살지 않았다. 다시 말하지만 정말 말 그대로 몸을 '움직일' 뿐이었다.

대부분의 사람도 그러했다. 다 같이 낭만 실조에 걸렸다. 무언가 필요하다 느끼다가도 결국 포기하고야 만다. 간간이 내비치는 웃음에도 헛헛함뿐이지 그다지 큰 의미가 없다는 걸 잘 안다. 그러니까 우리에게는 천국이 없다. 그렇게 생각한다.

이제서야 왜 천국 앞에 '쉬운'이라는 단어를 붙이는지 알 것 같다. 완벽한 천국 그 자체는 없어도 쉬운 천국은 어딘가에 분명 있을 것 같은 느낌이지 않나. 쉬운 천국이라면 왜인지 내 주변에도 있을 것 같기도 하고. 예를 들면 해가 비치는 늦은 오전에 일어나 마시는 차가운 주스라던가, 해가 지기 시작하는 오후에 샤워를 하고 나오면 들리는 음악

소리라던가, 청소를 끝내면 푹신한 침대에 누워 즐기는 사색이라던가. 솔직히 좀, 생각만으로도 행복한 것 같기도 한데.

> 이러한 소소한 행동들은 나의 해피 로드이며 내 일상의 무기이다. 눈물이 터질 것 같은 상황에서도 이런 행동을 하면 피식, 웃음이 나고 표정이 누그러진다. 여름밤 입에 문 아이스크림이, 고양이의 털이, 아침의 오렌지주스와 당사자는 이미 까먹었을 기념비적인 칭찬이 내 안에 남아있다.
> 〈쉬운 천국, 유지혜〉

책을 읽다 보면 나도 모르게 그 장소에 가 있는 느낌이다. 여행을 가고 싶어진다. 천국은 몰라도 쉬운 천국은 내가 직접 찾는 것이란 걸, 그렇게 알게 된다. 유지혜 작가의 천국과 나의 천국은 결은 좀 달라도 본질은 같다고 느낀다.

불행은 작은 그 모든 것을 안일하게 생각하는 것에서 시작되는 것 같다. 나는 행복한 사람이라는 작은 생각을 버리는 순간 슬퍼지고 다른 사람들과 비교하며 절망하기 시작한다. 그러나 살다 보면 그런 순간이 언젠가는 찾아온다. 나에 대한 확신을 잃어버렸을 때, 나는 그렇게 가장 슬픈 하루를 보낸다. 그럴 때마다 생각해야지. 이 책의 표지를. "내게 필요한 모든 것은 이미 내 안에 있었다." 그러다 보면

슬픈 하루를, 슬펐던 단 하루로 남겨두는 것도 꽤 큰 의미가 있다.

작은 행복 따위야 그게 뭐라고 질책해도 그 한순간의 행복으로 평생을 살아가는 이들이 있고, 잃어버렸다 생각한 열쇠를 바지 주머니에 넣어놓고 평생 그것을 찾아 헤맬 수는 없는 법이니까. 이렇게나 쉬운 사람이 쉬운 천국을 만났구나 하고 마는 바람에, 나는 그렇게 쉬운 천국 하나에 하루를 더 사는 셈 치고 평생을 사는 거다.

*추신

2016년의 일본과 나

언젠가 내가 여행을 갈 행선지: 영국, 독일, 일본, 미국, 노르웨이, 캐나다, 프랑스

제3장

창밖으로 보이는
인류의 마지막 생명체에게
끝인사를 전해주십시오.
오늘, 지구는 멸망합니다.

비 상

누군가는 하늘을 동경해
날개를 돋는다는데
뻥 뚫린 창문에
시퍼런 하늘까지 비추며
날자 날자 한 번만 더 날자꾸나
와 같은
이상의 로맨티시즘에 기초한
운문 따위만을 읊던 나에게는
그런 로맨틱을 입 밖으로 내뱉을
기회조차 없던 걸까.

투신하는 삶

악 소리도 없이 별똥별처럼 뛰어내린 너는
그날그날을 투신하며 살았던 거지?
발끝에 절벽을 매단 채 살았던 너는
투신할 데가 투신한 애인밖에 없었던 거지?

붉은 손목을 놓아주지 않던 물먹은 시곗줄과
어둔 강물 어디쯤에서 발을 잃어버린 신발과
새벽 난간 위에 마지막 한숨을 남겼던 너는

뛰어내리는 삶이
뛰어내리는 사랑만이 유일했던 거지?
〈투신천국, 정끝별〉

아쿠아리움에서 죽은 돌고래는 어떻게 처리하게. 그냥 건
져내지 않아? 그건 모르겠고 숨구멍이 있으면서 익사하는
건 무슨 심보야. 그들은 돌고래가 죽었다고 하면 물에서 태
어나 사는 애가 물속에서 숨이 막혀 죽는다니 참 웃기다고
말할 사람들이다. 평생을 잘만 살아온 물에서 대체 왜. 그
렇게 단순히 생각하면 돌고래에게는 유죄가 선고된다. 그러
게, 죽지를 말았어야지. 하고. 뭔가, 말 한마디가 가슴 언저
리를 후벼 파는 느낌이다. 어딘가 절대로 건드려선 안 되는

내 속, 여린 어딘가가 무참히 짓밟힌 기분이 들었다. 그러나 이런 나와 그들의 세계에는 뭍에서 태어나 뭍에서 죽는 이들이 있다.

나는 가끔 저렇게 사람들이 멍청해지는 게 신기하다. 그토록 살았던 물을 폐부에 채우며 돌고래는 스스로 무슨 생각을 했을지조차 감이 오지 않는데 어찌하여 오만한 마음으로 동정도 아니고 감히 판결을 하겠어. 그 마음 십 분의 일도, 만분의 일도 이해하지 못한다. 어떤 절망이 걔를 뭍으로 올라오지 못하게 잡아끌었으면 그렇게 물에서 사는 애가 물에서 죽었겠니. 인간은 잣대를 그대로 꺾어 나 자신을 돌아볼 필요가 있다.

뒤로 넘겨졌는데 코가 깨지겠냐며, 원인은 따로 있다. 굳이 특정하지는 않겠지만 버티는 게 이기는 거라는 말을 탓하고자 한다. 나 또한 뭐든, 무슨 힘든 상황이 와도 버티자는 말을 별로 좋아하진 않는다. 아무 행동 없이 무작정 버티는 건 정말로 바보 같다. 그런데 그걸 보고 이기는 것이라고 하는 사람이 있다면 진지하게 그 사람의 인생이 진실로 멀쩡한지 돌아볼 필요가 있다. 버티는 거, 내가 좀 해보니까 사람이 살아남을 수는 있어도 아파서 도무지 살 수가 없던데.

이제는 웃음으로 소비되는 한강물 발언은 전혀 유머러스하지 못하고 오히려 슬프다. 또한 한강대교마다 달린 이상한 문구도 보다 보면 강의 물비린내와 섞여 좀 역겹더라. 우리는 돌고래나 개가 아니기에 그렇게까지 뛰어내리지 말라고 조련을 하지 않아도 되는데도 불구하고 이렇게 외치곤 했지. 당신은 소중한 사람입니다. 정말로 그래요. 그러나 소중한 사람이기에 뛰어내리는 거라고 그 누가 답했다. 최소한의 인간으로서 죽기 위해 뛰어내린다고. 그렇게 투신한 후, 타인에 의해 또다시 뭍으로 나왔을 때는 걷지 않는 다리가, 숨 쉬지 않는 입이 정말로 존재한다.

그러니까, 다리가 있으면서 걷지 않는 건 무슨 경우야. 입이 있으면서, 코가 있으면서 숨을 쉬지 않는 건 무슨 경우야. 공부하다 죽는 사람은 없다잖아. 그랬다면 정신력이 문제였던 거겠지. 하는 여느 세계에서 살아남은 이들의 오만은 마땅히 살아야만 했던 뭍에서 죽은 어린 영들을 모독하고, 힘듦을 고백 않은 채 용기 없이 살아가는 내 손목의 여린 살을 무참히 물어뜯어 버린 것이나 마찬가지다.

우리는 뭍에서 태어나 뭍에서 죽는다.

그 도중에 물로 투신하는 건, 아무래도 자유로운 물고기가 부러웠던 거지.

나는 그저 증명하려고 했던 거야.

이유 없는 죽음은 결코 없다고.

죽음에 나를 문제 삼아 죄인이 되고,

결국 죽음 앞에선 무죄인 이 하나 없는데도

그럼에도

나는,

그렇게나 살고 싶었냐며.

"내 품 안에서 돌고래 케이시가 자살했죠."

"자살이라고요?"

"과학적으로 증명된 건 아니지만, 지금도 난 자살이라고 믿어요. 돌고래는 물 위로 올라와 숨을 쉬어야 하는데, 그날 케이시는 작정한 듯 올라오지 않았어요."

⟨리처드 오배리의 인터뷰 中⟩

반성문

변명의 여지가 없습니다.

나의 아버지께.

나의 하늘에게.

그리고 나 핏덩이 때의 어머니에게.

저는 도무지 변명할 수 없었습니다.

구원이라뇨.

아니 될 말씀입니다.

사육신 타락해 죽었으니 여름으로 가야지요.

지옥처럼 무덥고, 멸망이 기어 오던 여름으로.

애초에 사랑 따위 하지 않으리라 다짐했던 때가 있었다.

신의 아들로 태어나 신앙을 유지하며 결국엔 몸에 십자가를 박겠다 결심한 적이 있었다. 적어도 이브는, 그런 때가 있었다. 인간이란 정말로 일차원적이어서 조금의 신앙과 조금의 믿음을 주면 그것에 전폭적으로 힘을 쏟으며 미쳐가곤 했다. 그렇게 생각했다.

여름에 만난 아담도 그런 인간이었을 텐데, 이브는 아담을 인간이라 칭하지 않았다. 걔는… 그러니까 아담은… 단순하지 않았다. 상당히 고차원적이고 혼란스러웠다. 걔는 오직 하늘만을 바라보고 살던 이브의 고개를 아래로 꺾은, 그런 애였다. 그래서 이브는 그 무더운 여름에 교회 문으로 기어들어 온 아담을 증애한다. 굳이 왜 증이란 글자를 앞으로 뺐냐 묻는다면, 글자 뒤에 '애'라는 퍽 낭만적인 한자를 좀 숨기고 싶어서. 아담과 함께 기어들어 온 사랑이라는 것을 좀 없애고 싶어서였다.

그 여름 이후에 십자가 아래 설 때마다 가슴을 콕콕 찔러오는 것은 비단 가장 소중한 보물처럼 여기던 성경책을 그리 쉬이 아담에게 건넸기 때문만이 아니라는 것을 알고 있다. 이브는 아담을 '애'라는 한자에 담았고 심지어 그 '애'라는 한자가 무슨 뜻인지도 알고 있다. 그러나 그런 애에게 하느님의 말씀을 담은 성경을 주었다는 것은 내가 널 사랑하니 부디 알아서 떨어져 달라는 약간의… 텔레파시와 같은 신호였다. 그러나 아담은 별수 없는 애였다. 이브는 밤마다 손을 모으고 어느 때보다 간절히 신께 회개 기도를 드리다가도 바람에 흔들리는 창이 우우- 하고 소리 내는 밤이면 아담을 끌어안고 함께 울고 싶은 마음을 숨겼다. 용서받기는 글렀다고 생각했다. 이브는 아담을 만나고 자신도 상당히 단순하고 멍청한 일차원적인 인간이라는 것을 완벽히 인지했으니 그의 손목에 달린 십자가가 바닥으로 곤두박질친 데에는 이러한 증애스런 사유들이 있었다.

조금의 신앙과
조금의 믿음과 함께
어느 날 삶으로 기어들어 온 멸망.
이름은 아담.
그것은 정말로 어려운.

사람이었다. 사랑.

사랑 회복의 가능성

a

애처롭게 버틸 때는 언제고 이제 지칠 대로 지쳐 우리 죽어버린 사랑에 훅훅 숨을 불어넣자. 결국 와르르 무너져 버릴 사랑임에도 나는 그것이 좋아서 죽기 살기로 덤볐구나. 곧 끊어질 듯 위태롭고 그렇게 왁하고 죽어버릴 듯 아프다가도 죽지 않았던 우리 사랑 회복의 가능성은?

b

모든 순간에 착각이 찾아오는 바람에 사는 법을 잊었다. 늘 멸망을 손에 쥐고 살았던 탓이다. 분명 너를 사랑했던 것 같기도 한데, 너는 지금 여기 없고 미개한 우리의 문명 은 서서히 일몰의 시간이 다가와 노을 진 하늘 너머로 스멀 스멀 오는 것이 너인지 아님 멸망인지. 그렇게 멸망이 현관

문을 두드리면 너일까 싶어서 문을 열고 그대로 너일까 싶어 끌어안고 너일까 싶어 어루만지고 너일까 싶어 지구를 바치고.

c

지겹도록 돌려본 유년의 흔적이 오래된 테이프처럼 늘어나 버린 것은 내가 언제부터 널 애틋하게 생각했는가에 대하여 깊은 고뇌에 빠졌기 때문이었다. 울컥울컥 차오르는 말들을 하나하나 되새기다 도로 삼키기를 반복하던 때를 기억하니? 내 목구멍이 상처로 가득하던 때. 네 이름 석 자제대로 발음하지 못하던 그 순간 나는 숨이 턱턱 막혀오곤 했지. 그런 난 여태까지도 네게 사랑이란 말을 붙일 순 없어.

d

나에게 너란 생일마다 내뱉는 꿉꿉한 낡은 소원 같은 작자였다고. 절대 이루어질 수 없는 사람.(혹은 사랑) 한 번만 더 돌려보면 다 늘어나 버려 고장이 나버릴 테이프. 스쳐간 나날 중 가장 닳고 닳은 페이지. 이루어질 수 없는 것들은 그렇게 길고 영면해버리어.

e

어느 계절에 짓이겨진 진심에 입을 맞췄다. 서로가 번갈아 가며 입을 맞댔다. 비틀비틀 제구실을 못 하던 퍼즐이 드디어 그림 하나를 이루었다. 그것은 사랑, 한때 타오른 사랑, 그리고 너와 하늘과 너의 하늘과 또 다른 하늘과.

f

바라던 별을 먹고 살았니. 별을 따 달라는 말에 넌 이별을 기어코 들고 왔다. 어깨서 힘이 탁 풀린다. 애초에 우리 사랑 회복의 가능성은 없었던 거야. 함께 걸어온 줄 알았던 길을 본다. 나의 발자국만 가득하더라.

g

대신 장미꽃 몇 송이를 나누었다면 뭐가 좀 달라졌을까.

h

부디 네 일기장에 나의 이름은 연필로 적어줘. 네가 못내 날 지울 수 있는 방법이 필요해.

i

그리고 바다에 가자. 여름이잖아. 차가운 바다에 몸을 던지고 싶어. 그렇다고 같이 왁 죽어버리자는 말은 아니야. 그건 너를 사랑한 내 몫이고 너는 그대로 살아가면 돼. 약속해 줘. 앞으로의 인생에서 절대로 두 번 죽지 않겠다고.

j

삶을 당부하는 그 말은
꼭 사랑한다는 고백 같았다.

k

마지막 유언이야. 궤열한 사랑에 유감을, 죽은 그 시절과 너에게 경의를, 그리고 홀로 버틴 내게는 희망을 주세요. 결국엔 하늘을 본 뒤 함께 살고 함께 죽자던 약속이 무색하게도 나비의 등을 타고 날아가던 데미안은 결국 너였구나.

l

너는 정녕 고작 태양을 맞으러 카시오페아로 갔던가. 네가 떠나고 남은 이 세계에는 낭만이 도래했고 하늘에는 비가 추접하게 내렸으며 나는 우산을 썼지. 곧 세상이 무너질 거라면서, 그걸 우산 하나로 버티겠다며 초라한 까만 꽃잎 하나를 폈어.

m

로맨틱은 없는 거야. 그래, 너와 함께 본 하늘은 없는 거야. 우린 만난 적이 없는 거야.

n

하여금 아혹함이 남아있을지도 모르지.

o

내게 네 파편이 남아있을지도 모르지.

p

다음 생에는 우리 태어나 등을 지고 살아가자고
그렇게 걷다가 지구 한 바퀴를 다 돌아 운명의 실수로 다시 만나게 된다면,
우리 이전의 생에서 그랬던 것처럼
다시금 튤립을 내게 건네주겠니

q

너한테서는 튤립 향이 났고,
나는 분명 튤립 향을 아는데,
사랑의 고백이라는 향기 나는 꽃말과는 다르게

튤립은 사실 향이 없어.
그럼에도 킁킁댄다면
그것은 저주받은 사랑의 징조라고.

r

사랑만큼이나 뒤엉키고 잘 포장된 저주는 없어. 결론은
그 사랑 때문에 모두가 죽었다는 거야.

s

너에게.
난 네가 참 미워.

t

너에게.
취소할게.

u

없어도 있는 듯이.
있어도 없는 듯이.
유무가 공존하는 삶에서
나는 없는 마음에 솔직해지고 싶었다.

V

죽어서라도 사랑하자는 말이 무의미해진 이유는
우리가 죽지 못했기 때문일까.

W

다시 사계절이 돌아온다면,
난 이제 그 누구도 사랑하지 않았으면 해.
사랑하고,
사랑받으면
나한테는 꼭
죽으라는 기분이 들어서.

X

넌 아직 진리를 몰라. 안다 해도 그걸 증명하지 못하고.
말뿐인 사랑은 그 형태가 없어 어디에 담든 흘러넘쳐 버릴
테지. 그러니 네가 조각조각 밟힌 발바닥으로 겁도 없이 걸
어가 노란 페인트를 칠한 바닥을 밟고 더러운 흙바닥을 밟
고 그러다가 언젠가 둘이서 올려다본 하늘을 보자. 하늘 아
래 너와 내가, 세상과 세계가, 지구와 우주가 모조리 회전
하고 뒤엉킨 채 타오르고 모순되더라도 그 천장은 언제나
곧으니까 우리 하늘에서 태어나 하늘에서 죽기로 해.

y

0.001퍼센트의사랑구애망명북극성사랑사람사랑궤도끊임
없이내뱉었던그모든것들

z

난 그 모든 것들을 더 이상 외롭게 두지 않겠다.

나락으로 가자

야, 사람들과 몸을 부대끼며 생긴 상처는
어쩔 도리가 없거든.
누구 탓하기도 이제 지치는데 그냥 우리 같이 가버릴까?
어른들이 그토록 말하던 나락으로.

여기는 불행마저 등수를 매기잖아.
다 포기하려고 나는.

하나 둘 셋 하면 떨어지는 거다.
옷은 두껍게 입어.
아무리 여름이라지만 나락은 춥거든.

강 예 나

"Truth is like poetry.
And most people fucking hate poetry."
⟨The Big short⟩

　강예나요? 미친 애였어요. 공부에 미친 애. 속히⋯ 엄친
딸이라고 하죠? 얼굴까지 예뻐서 모두가 부러워했어요. 지
금 근황은 모르겠네요. 벌써 몇 년 전 일이라⋯ 근데 아마
잘 살고 있을걸요? 애가 얼마나 똑똑했는데.

　예나는 영재였다. 정말로 영재였다. 그 아이는 비상한 두
뇌로 모든 엄마들의 부러움을 사던 애였다. 그러나 이상하
게도 그 사실에 대해 예나는 별 감흥이 없었다. 내가 1년
치 노력을 해도 듣지 못했던 엄마의 칭찬은 어제 이사 왔다
며 떡을 건네주는 어떤 이웃의 딸에게로 향했다. 평범하고
또 평범했던 나와 특별하고 또 특별했던 강예나. 우리의 이
야기는 이 말 한마디로 시작되었다.

　"예나는 정말 똑똑하더라."

-

똑똑한 예나의 부모님은 두 분 다 선생님이셨다고 한다. 그것도 명문대 출신. 예나는 나보다 두 살이나 어렸다. 내가 중학교를 올라갔을 때 예나는 겨우 초등학교 5학년에 불과했다. 하지만 강예나는 고등학교 수능 문제를 풀어냈다. 역겨웠다. 토악질이 나왔다. 그래, 한마디로 정리하자면 난 그 애가 싫었다. 강예나가 싫었다. 교복을 처음 입고 신나할 틈도 없이, 어지러웠던 초등학교 시절의 인간관계를 끝내고 새로운 인연을 맺기도 전에, 나는 싫어하는 사람이 생기고 말았다.

강예나는 생각보다 더 차가웠고 재수가 없었다. 영재라 하기에는 흔히 티비 프로그램에서 보던 영재들과 비교했을 때 현저히 말수가 적었다. 이상한 애였다. 하지만 시험 기간만 되면 옆집에서 들려오는 올백 소식에 내 마음속 재수 없는 강예나의 이미지는 더욱더 커지고 커졌다.

"예나는 어때? 말은 걸어봤어?"

"몰라, 말을 안 하던데."

"어머 어머, 천재들은 다른가 봐~"

별안간 엄마는 호들갑을 떨기 시작했다. 역시 머리가 좋아서 그런지 말을 많이 할 필요가 없다는 둥, 이미 머리에서 계산이 다 되네 마네… 쓸데없는 얘기들이었다.

이후 우리 아파트에는 예나에 대한 소문이 쫙 퍼졌다. 곧

이어 매시간 학교에서 돌아오는 아이들을 놀이터 벤치에 앉아 기다리던 비공식적인 학부모 모임도 자기 자식 자랑 얘기를 관두고, 강예나에 대해 얘기하기 시작했다. 내용은, 예나는 뭘, 어떻게 했길래 저렇게 똑똑할까.

-

이제 아파트 앞에서 기다리지 마, 엄마. 내가 학교를 다녀오면 오후 3시쯤, 나보다 훨씬 어린아이들이 유치원과 초등학교에서 돌아왔을 시간인데도 그 학부모회 단원들은 해체하지 않고 벤치에 앉아 이야기를 나누었다. 꼭 내가 보일 때쯤 돼서야 벌써 시간이 이렇게 됐네! 라며 놀이터에서 정신없이 놀고 있는 아이들을 채간 뒤 각자 집으로 흩어졌다. 그날 또한 그러하였고 난 웅웅거리는 기계음으로 가득 찬 엘리베이터 안에서 엄마를 향해 이야기했다. 엄마는 고개를 돌려 나를 보았다. 사방으로 펼쳐진 거울에 엄마의 모습이 무한대로 나타났다.

"왜?"

"불편하니까."

나 이제 어린애 아냐. 교복 치마 안으로 한기가 서렸다. 그에 엄마는 싸늘하게 다시 앞을 쳐다보더니 입고 있던 가디건 앞을 여미었다.

"…어쩔 수 없어. 아는 게 힘이야."

엄마는 대체 그곳에서 뭘 알아 오려고 했던 걸까. 예나에 대해서? 아님 나의 교육에 대해서? 진절머리가 났다. 평소 내가 학원에 다니지 않고 상위권 점수를 유지한다는 것에 대해 큰 자부심을 가지고 있던 엄마는 예나로 인해 제대로 자극을 받은 것 같았다. 하긴 시험만 쳤다 하면 100점은 거뜬히 받아오던 예나였으니 말이다. 그 덕에 나의 시험점수는 딱히 화젯거리도 되지 않았다. 따님은 몇 점이나 맞았어요? 물어보면 그냥 어느 정도 했어요. 라고 답할 정도. 딱 그 정도였다. 이 아파트에서의 나의 위치도 딱 거기, 중간이었다. 그때 난 처음으로 이 대한민국이 뭣 같다고 생각했다.

-

중학생이라 하면은 나, 구차하고 애매한 인생을 살아가는 사람이었다. 얘는 조금만 더 하면 될 것 같은데, 조금만 더 노력하면 될 것 같은데…. 와 같은 희망 고문을 당한 게 한두 번이 아니다. 애매한 상위권, 애매한 외모, 애매한 성격. 좋지도 나쁘지도 않은, 난 그런 사람이었다. 정말 말 그대로 애매모호한 사람. 그런 나를 나쁜 사람으로 만드는 강예나, 넌 대체 뭐길래.

"예나는 타고났어요. 천재라니까요?"

어느 날 하굣길에 들었던 1학년 담임선생님들의 대화였

다. 타고났다는 말이 그렇게나 비수가 되어 꽂힐 줄은 몰랐다. 예나는 내가 봐도 타고났다. 나와는 문제에 대해 접근하는 것조차 다를 정도로 뛰어난 두뇌를 가지고 태어났다. 그렇게 멍하니 걸어가다 평소 같았으면 하지도 않았을 치명적인 실수를 하고 말았다.

"아니 이게 누구야. 너 진짜 오랜만이다. 쌤 기억하니?"

요즘도 공부 열심히 해? 네, 요즘 열심히만 하고 잘하지는 못해요. 나는 하하 어색하게 웃었다. 이런 망할 예나 년.

-

넌 완벽한 노력형이지. 너네 얘 노력하는 거 반만 닮아 봐! 지긋지긋한 노력이라는 단어가 귓가에 맴돌았다. 그렇다. 나는 끊임없이 노력했다. 엄마는 성적에 신경 쓰지 않는다고 했지만 내심 내가 좋은 점수를 받아오길 바랐다. 또한 나를 공부 잘하는 딸로 자랑하기를 원했다. 나 또한 딱히 유별날 것 없이 평범한 엄마가 여기에서만큼은 어깨 펴고 다녔으면 하는 마음에 남들 잘 때 책을 폈고 남들 놀 때 공부를 했다.

그렇게 내가 노력한 것에 비례하면 타고난 강예나는 절대 비비지 못했을 것이다. 아니 내가 강예나보다 더한 천재가 되어있는 게 정상이었다. 그래도 참 모순적인 것은 예나는 수능 문제를 푼다는 것이다. 내가 고등학교 선행을 할 때

예나는 수능 문제를 풀어 백이라는 숫자를 시험지에 그린단 말이다. 불공평했다. 강예나라는 존재가 내 인생에 나타나서도 안 됐다. 아니, 애초에 천재, 영재는 없어야 했고 각자 자기 위치에 맞게 살아가야만 했다.

아니 잠깐, 그럼 나는? 고등학교 선행을 하는 나는 과연 올바른 위치에 있던가?

-

딸, 학원 다닐래? 내가 그토록 무서워했던 소리가 오늘 저녁 식사 시간에 들려왔다. 먹던 숟가락을 내려놓았다. 난 학원 안 다닌다고 했잖아. 다소 뾰족한 나의 말투가 엄마에게 향했다. 내가 뭐가 부족해서? 이 정도면 된 거 아니야? 또, 또 그 강예나 때문일 거다. 대체 또 무슨 말을 듣고 왔길래 이런 바람이 불어서는. 쾅, 문을 닫고 방으로 들어와 버렸다. 책상에는 내가 정해 놓은 규칙에 따라 해야 할 숙제가 가득 쌓여 있었다. 천재가 되기 위해 노력했던 나의 흔적이 남아있었다. 다 죽죽 찢어 쓰레기통에 처박고 싶었다.

-

다음 날, 학교에 들어서자 커다란 원목 나무판에 적혀있는 글자가 눈에 들어왔다. "인재양성". 이건 볼 때마다 적응이 안 된다. 말 그대로다. 사람을 생산하는 곳. 이 학교라는 공장에서 공부로 난다긴다하는 애들은 잘 해봐야 댕강 잘려 이곳의 서까래 정도밖에 쓰이지 않는다. 결국 여긴 그런 곳이다. 기껏 키워 놓은 나무들을 잘라 다 썩어버린 건물의 기둥으로 쓰는 곳. 괴기했다.

고등 입시를 위해 생기부를 확인한 자리에서도 난 여전히 애매했다. 인문계는 갈 수 있어도 가서가 문제라나 뭐라나. 평소 같으면 신경끄고 지나쳤을 말이 불편하게 와닿는다. 내가 예나였다면 무슨 말을 했을까. 넌 완벽해. 너의 미래는 보장되어 있어. 내가 정말 듣고 싶은 말이다. 그래, 언제나 내 노력을 물거품으로 만드는 데에는 강예나, 고작 그 애 하나면 충분했다. 어떻게 보면 내가 천재가 아닌 이유는 엄마 때문이었다. 강예나처럼 똑똑한 유전자를 물려받았다면 이렇게까지 힘들지는 않았을 거다. 그러니 그딴 유전자 집어치울 수 있게 다 내던지고 싶었다.

나 자신까지도.

-

안녕하세요. 의지박약한 저는 그냥 가려고요. 이상하게 오늘따라 이 큰 대로변의 차가 쌩쌩 달린다. 이거 그냥 죽으라는 거지 뭐. 도로 주변 인도에 서 있자 매연에 의해 턱

텁한 바람이 불어온다. 언니, 여기서 뭐 해요? 그때 예나의 목소리가 들려왔다. 머리가 깨질 듯한 고통에 뒤를 돌아보니 예나가 서 있다. 여전히 그 재수 없는 얼굴로 서 있다.

"예나야, 너 하나 때문에 사람이 죽는다면 어떨 것 같아?"

날 보는 예나의 눈동자가 떨려왔다.

-

넌 좋겠다. 타고나서 좋겠다. 너는 정말 문제만 보고도 머릿속에서 계산이 되니? 난 몇 날 며칠 걸릴 문제가 그렇게 술술 풀어지니? 와 진짜 너무 부럽다. 넌 살아남을 수 있잖아.

내가 욕을 내뱉을 동안 예나는 여전히 그 눈으로 날 보고 있었다. 아직도 알 수 없이 묘한 표정을 한 강예나가 꼴보기 싫었던 나는 시선을 돌렸다. 차가 빠르게도 질주했다. 시끄럽게 달려가던 오토바이 소리 사이로 예나의 목소리가 비집고 들어왔다.

"…난 그 흔한 만화영화 하나도 못 보면서 자랐어요."

헉, 순간 숨을 들이쉬었다. 강예나. 천재 강예나. 그녀의 과거가 내 머릿속을 헤집어 놓고 갔다. 우리 예나는 제가 안 시켜도 잘해요! 예나 엄마의 목소리가 들려왔다. 하지만 아니야. 그런 게 아니야. 예나는 할 게 없어서 공부를 한

거야. 예나한테는 애초에 선택권이 없었잖아요. 아줌마. 안
그래?

-

우리는 항상 본래 속도보다 더 빨라야 했다. 중학교에서
는 각자의 학년에 맞는 수업이 아닌 1, 2학년쯤 더 높은 수
업을 들어야만 했고 고등학교 때에는 별 같잖은 수능 문제
를 풀었다. 그래서 그런가보다, 그래서 이런 못된 짓도 빨
리 배우나 보다.

예나는 손을 뻗어 내 팔을 잡았다. 손대지 마. 손을 뿌리
친 나는 예나가 그 충격으로 차도로 튕겨 나가는 것을 보았
다. 분명히 말하지만, 고의는 아니었다. 예나가 먼저 내 손
을 잡지 않았다면 예나는 그렇게 되지는 않았을 것이다. 아
니, 내 인생에 나타나지 않았다면 차에 부닥쳐 몸이 공중에
붕 뜨는 일도 없었을 것이다. 온몸이 피투성이로 뒤덮일 일
도 없었을 것이다. 죽지 않았을 것이다. 그러니까 내 탓이
아니다.

아니어야만 한다.

-

차가 빵빵거리고 뛰뛰거리고 쌩쌩달리던 도시의 소음은

그제야 조금 멎은 듯했다. 미친 듯이 달려가던 세상이 속도를 늦춘 것만 같았다.

예나는 그 자리에서 죽었다. 내 두 눈으로 예나가 죽어가는 걸 보았다. 그러나 모순적이게도 예나는 편안함에 이르렀다. 평생을 천재로 살아가던 강예나가 인간 강예나로 죽었다.

"예나가… 어쩌다가 저렇게 됐니?"

울며불며 부은 눈으로 내게 매달리던 예나의 엄마에게 말했다. 천재의 엄마, 아니 천재를 만들어냈던 사람. 예나는 평생, 14년을 살아오는 동안 계속해서 죽고 싶었을 것이다. 그러니 내가 딱히 잘못한 부분도 아니었다. 다 썩어가는 건물의 서까래로 쓰일 뻔한 강예나. 앞으로 족히 10년은 넘게 천재로 살아야만 했던 강예나.

어느 정도는 그 아이가 원하던 결말이었다.

"예나는 자살했어요."　　　完。

제 4 장

모든 삶과 죽음,
그 순간에 대하여.
우리는 이 세상에 남겨진 게
서로밖에 없어서 만난 게 아니라,
그 많은 세상 중에
서로밖에 보이질 않아서 너를 선택한 것이다.

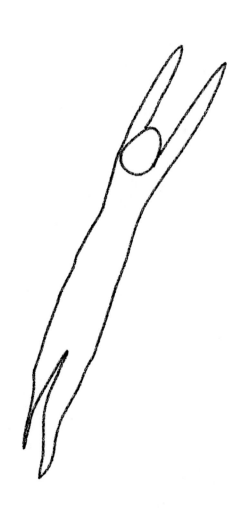

바다를 파랗다고 하지 뭐라고 해요

왜냐는 말을 달고 사는 난데 가끔 어른들이 너는 꼭
이유가 있어야 하는 거냐고 꾸중을 들은 적이 많다. 근데
당연한 거 아닌가? 이유가 없으면 내가 왜 이것 하나
때문에 고통받아야 하는지 모르겠다. 반항심이라 생각하면
좀 웃기지만 내 성격이 좀 꼬였다. 아니라고 생각했는데
어느정도 꼬인 건 인정해야 할 부분이다. 나는 세상에
인정하고 싶지 않은 것들이 너무 많다.

그러다가 바다가 왜 파랗냐는 질문을 받아본 적이 있다.
어린 사촌 동생이 물은 것이었다. 언니로서 좋은 대답을 해
주고 싶었는데 막상 입을 떼는 게 어려웠다. 결국 바다니까
파랗지~ 라는 이상한 대답을 했다. 내가 입 밖으로 내뱉어
놓고 머리로는 이해가 가지 않았다. 바다는 파랗다고 하면
서 왜 파랗지를 못해? 막상 모든 물은 투명하다는 걸 다 알
면서 그랬다.

근본적인 것을 물으려면 많은 용기가 필요하다고 생각한
다. 사회 생활하려면 그런 근본적이고 기본적인 건 눈치 보
며 다 아는 척하는 게 좋다고 그랬을 정도로 세상은 각박하
다. 근본을 묻지 않는다. 당연을 묻지 않는다. 근본적이니까
묻지 않는다. 당연하니까 묻지 않는다.

그것에 대해 깊게 생각해 본 적은 없다. 솔직히 생각할

틈도 없고 그럴 가치도 없다. 육안으로도 보이는 파란 바다를, 품으면 투명해지는 바다를 그냥 파랗다. 라는 단어 하나로 치부하는 것을 솔직히 난 방관했다. 날조하고 간과했다. 말했듯 근본적인 것을 묻지 않는다. 바다는 바다니까 파랗고 이유는 딱히 없는 것 같다.(사람들 모두 그렇게 생각할걸) 그런데도 난 인정하고 싶지 않았다. 내 답은 틀렸다. 좀 더 좋은 대답을 해줬어야 했다고.

나쁜 습관은 아니라고 생각한다.(내가 왜냐고 묻는 것이) 가끔은 진짜 순수한 마음에서 물을 때도 있고 진짜 하기 싫어서 물을 때도 있지만 말이다. 하나 잘못된 것은 그냥 수용하고 살았다는 거다. 왜냐고 묻기 좋아하면서 막상 당연한 건 묻지 않았다. 어느 작은 동생의 순수함으로만 보이는 의구심을 잃었다. 크면서 머리에 피가 마른다는 게 이런 건가 싶어도 막상 이렇게 말하면 사람들이 웃을 것 같다.

울타리가 생긴 느낌이다. 눈에 먼지가 끼여 한참 동안 빠지지 않은 기분이다. 그에 자연스레 좁아진 시야다. 눈 비비다 보니 바다는 사람들의 웃음, 즐거움, 욕설, 목숨까지 다 받아주는 마당에 왜 자신의 근본과 존재에 대해 묻지 않냐며 서운해할 수도 있다는 생각이 드는 것 같기도 하다. (탈피다 이건 탈피야. 부활이 더 괜찮은 단어 선택인가? 그건 너무 거창한 것 같기도.)

방금 깨달은 건데, 여태까지 살아오며 이렇게까지 바다에 대해 많은 생각을 해봤나 싶다. 그래도 다행인 건 문학 작품을 보면 바다에 대한 해석이 엄청 다양하다는 거다. 확실히 낮의 바다와 밤의 바다는 다르니까. 바다에 삶을 위해 가는 사람도 많지만, 그 반대인 사람도 많은 것처럼. 그러니까 내가 완전 이상한 사람은 아니라는 거지. 생각 정도야 예술 하는 사람은 다 한다. 그렇게 생각한다. 좀 더 해보고 싶다.

최근의 나는 좀 바빴다. 고등학생이라면 당연히 그랬다. 당연히라는 말이 마음에 들지 않지만(또 질문을 하고 싶어지기 때문에) 암튼 바빴다. 태양과 함께하고 달과 함께하는 삶은 꽤 멋있어 보여서 좋았다. 바쁜 커리어 우먼이 내 드림라이프여서. 그러다가 바다의 존재를, 당연한 존재를 잊었다는 건 변명이지만 어느 정도 맞지 않나 싶은데. 인간 거북이 되려 하는 사람들이 뭔가 올려다보는 건 쉽지 않잖아. 그래도 멋있는 건 얼마 안 간다. 야자 마치고 거울샷 찍는 체력 따위야 일찍이 동났다. 이러다 성인이 되면 계단을 기어 다닐까 봐 겁난다. 어른 되려다 동물이 되는 걸까. 모든 걸 잊고 주위 인간들 신경 쓰면서 적당히 비위 맞추며 재롱 부리는?(과장된 표현이다…)

그러다 보면 두 번째 인생을 모두 허투루 걸어온 것 같아서.

너무 절망적이니 각설하고(국어 시간에 배운 어휘다) 여하튼 잊고 사는 게 너무 많은 요즘이다. 고딩간지 좀 부리느라 애달프지만 연필 잡고 비비작거릴 시기니까. 모순이지만 바다가 왜 파랗냐는 동생의 순수함을 가지고 싶다가도 현실을 자각하면 아무래도 텅 빈 뇌가 좋을 것 같다. 나는 가끔 오늘처럼 생각이 너무 많다. 나쁘다는 뜻은 아니다. 그치만 사회 부적응자가 되기는 싫다는 말이다. 평생 로뎅의 생각하는 사람처럼 사색에 빠져들고 싶지는 않기 때문에. 나 역시 몽상가라는 단어랑은 안 어울렸고.

여기에 또 하나 더해서 내가 진짜 멋없는 것은, 해야 한다고 생각했고 지금까지 그렇게 해왔는데 왜라는 근본적인 질문 하나에 대한 답이 없다는 이유로 왁 그만두기는 또 무섭다는 거다.(겁이 많은 거다;;) 공부를 '일단은' 해야 한다는 게 싫고 내가 하는 행동에 이유 없다는 것도 싫지만 제아무리 왈가왈부 말이 많아도 바다처럼 그냥 그런가 보다 하고 받아들여 품는 사람이 되고 싶다. 쏴아 몰려왔다 다시 쏴아 몰려가는 바다처럼 오래오래 살고 싶다. 그러다가 오늘처럼 자주 가끔 사심 품고 싶은 일. 존재에 대해 구태여 의심하고 싶은 일.

그렇게 천천히 어른이 되면 아프리카대륙과 아라비아반도가 품고 있다던 붉은 바다에도 가보고 싶다. 은채와 함께 어른이 되면 잠수함을 사서 그 바다를 보고 싶다.

답을 찾을 수 있지 않을까.

*추신

글을 마무리하려다 보니 어느 정도는 동생의 질문에 답을 할 수 있을 것 같은데, 확실히는 모르겠다.

오늘은 일단 질문하는 것에 의미를 둔 것이라서.

일단 열일곱 먹은 내가 할 수 있는 대답은 이것뿐인 듯싶다.

물고기들에게는 바다가 하늘이기 때문이야

이과적 삶의 설명

바늘에 찔리면 바늘에 찔린 만큼만 아파하면 된다. '왜 내가
바늘에 찔려야 했나', '바늘과 나는 왜 만났을까', '바늘은 왜
하필 거기 있었을까', '난 아픈데 바늘은 그대로네', 이런 걸
계속해서 생각하다보면 예술은 할 수 있을지 몰라도 사람은
망가지기 쉽다
〈일단 오늘은 나한테 잘합시다, 도대체〉

어쩌면 우리는 조금 각지게 살아가고 있었다. 삶의 순간
마다 내쉬는 숨마다 우리는 저마다 조금씩 각져 있는 생활
을 하고 있었다. 도형과 같은 삶이다. 각자의 모양으로, 각
자의 특징을 가지고 살아가는 사회다. 적어도 나는 그렇게
생각한다. 자신을 방어하지 않으면 공격받는 세상이고, 각져
있지 않으면 이미 각진 사람들에게 다치는 곳이니까. 나는
도형을 접한 이후로부터 우리와 참 닮아있는 것 같다고 생
각했다.

도형의 종류는 다양하고 우리의 삶의 방식 또한 다양하지
만 단연 내가 손에 꼽는 도형은 정오각형이었다. 정오각형
은 미의 기준이라 불리우는 황금비를 충족하는데 황금비는
주어진 길이를 가장 이상적으로 나누는 비율로, 나눠진 두
길이의 비가 처음 길이와 긴 선분의 길이의 비와 같다는 성

질을 갖는다. 그러한 비율을 정오각형의 한 변과 대각선이 충족하기 때문에 감히 가장 완벽한 도형이라고 말할 수 있는 것이다. 완벽을 추구하는 세상에서, 내가 정오각형을 특별히 여기는 이유는 단순히 말 그대로 완벽한 도형처럼 완벽한 삶을 추구하고 싶기 때문이기도 하지만 비단 그런 단순한 이유 때문이 아니다. 그렇게 황금비를 이루는 대각선을 모두 그리다 보면 오각형 안에 또 다른 도형 하나가 생긴다는 걸 알 수 있다. 펜타그램, 오각별이다. 그래서 나에겐 특'별'하다.

우리는 속히 오각별을 이렇게 쓰곤 한다. 중요한 것을 표시할 때, 또는 특별하거나 소중한 것을 표시할 때 등등. 또한 말하곤 한다. 꿈☆은 이루어진다! 그래서 나는 그 별을 우리들이 간직한 꿈이라고 생각했다. 더 나아가 만들어진 오각별 안에는 또 다른 오각형 하나가 다시 생긴다. 그러니까 그 말인즉슨, 우리는 무한대로 오각형 안에 별을 그릴 수 있다는 것이다. 이게 내가 정오각형을 특별히 여기는 가장 큰 이유이다. 무한대로 꿈을 꿀 수 있고, 꿈을 마음에 지닐 수 있고, 꿈을 펼칠 수 있는 정오각형 같은 사람이 되고 싶은 것이 한때 나의 어린 소망이었다.

그러나 말했듯, 저마다의 모양으로 살아간다. 어느 한쪽이 아주 닳아 사각형이 될 수 있는 것이고, 어떠한 일들로 유순해진 탓에 원뿔이나, 반구 모양으로 살아갈 수도 있는 거다. 그것도 그런 것이 모두가 똑같은 모양의 완벽한 도형 정오각형만을 추구한다면 우리는 절대로 더불어 살아갈 수 없다. 예를 들어 평평한 바닥이 우리가 살아가는 세상이고, 오각형 모양의 바닥 타일이 우리라고 생각해본다면 우리는 절대로 그 세상을 가득 채울 수 없다. 중간에 다른 도형이 들어가지 않는 이상, 오각형 모양의 바닥 타일만으로는 촘촘히 빈틈없이 바닥을 꽉 채울 수가 없다. 이유는 정오각형의 한 내각의 크기가 108도여서 108도에 어떤 수를 곱하더라도 빈틈없이 붙일 수 있는 360도가 절대 나올 수 없기 때문이다.

결론적으로 우리는 서로 다르기 때문에 서로의 빈틈을 채워주고, 비로소 세상을 살아갈 수 있다. 그럼에도 우리는 그것을 알아채지 못하고 비교하기 바쁘다. 두드러지는 명암, 커 보이는 대비. 왜 나는 저 사람처럼 완벽하지 못할까, 나만 왜 뒤처져 있을까. 그렇기 때문에 우리는 서로에게 더욱 뾰족하게 굴었던 것일지도 모른다. 물론 직선을 추구하는 것, 완벽을 추구하는 것은 어떤 면에서는 좋은 습관이다. 그러나 지나치게 혹독히 구는 것은 스스로를 이미 정해진 길과 좌표를 따라가야 하는 좌표평면 위의 직선으로 이끄는 것과 같았다.

우리가 그려가는 인생에는 직선은 없다. 걸어가는 길에 발자취를 남길 때마다 잠깐 넘어져 흔들릴 수도 있는 것이고, 잠시 빠르게 가다 속도를 늦춰 조금 이리 꺾일 수도 있는 것이다. 그리하여 완벽한 도형 또한, 우리의 인생에는 없다. 그런 것은 기하학에서나 구경할 수 있는 것일 뿐, 조금은 찌그러진 모양으로 우리는 세상을 살아가고 있었다. 솔직히 말해 나 또한 정오각형과 같은 삶을 추구한다지만 객관적으로 조금은 닳아 뭉툭해진 작은 사각형과 같은 사람이다. 그러나 우리에게도 별은 있다. 나는 누군가 내게 당신의 별은 무엇인가요 물으면 나는 "나의 별은, 꿈은, 소중한 것은, 바로 나 자신입니다"라는 어긋난 대답을 할 자신이 있다.

사과 먹기 싫다

상처를 남기지 말자
상처를 만들지 말자
저 많은 생채기들을 지우느라 고목은,
평생을 온통 고통으로 뒤틀리고
악몽으로 온밤을 뒤척인다.
다시는
상처를 남기지 말자.
〈고목을 보며. 김익두〉

우리가 행한 실수가 모이고 모여 그제야 성숙한 어른으로 성장하게 된다는 이야기를 들은 적이 있다. 어쩌면 나 또한 오늘도 실수를 저지르고 또 한걸음 성장한 것이다. 다만 걱정이 되는 것은 그 실수로 인해 상처받은 이들의 마음은 어떻게 책임질 것이냐는 내 마음속에 속삭이는 짧은 생각 따위다. 실수야 누구나 한다지만 그로 인한 피해자는 분명히 있기에. 나 또한 누군가의 실수로 인해 상처받은 적이 있었기에. 실수했네. 내가 실수했어. 정말 미안하다. 이 정도 목소리로 그 사람이 과연 받아낸 상처를 아물고 다시 웃으며 지낼 수 있을까?

과거에 나는 절대로 사과를 받아주지 않던 적이 있다. 아마 초등학교 저학년 때쯤인 듯싶다. 친구의 실수로 상처를 입은 나는 그 친구의 사과를 받지 않았고, 그로 인해 혼나는 건 나였다. 상처가 컸기에 그 애의 얼굴을 보는 게 좀 더 불편했을 뿐인데, 잠시 거리라는 것을 두고 싶었을 뿐인데도 고작 말뿐인 사과, 실수였다는 사과를 받아주지 않았다는 이유만으로 나 어린 시절 선생님께 쓴소리를 들었다.

언제부턴가 인간관계에서는 사과가 필수적인 요소가 되고 있다. 아니, 그러니까 정확히 그 사과를 받는 것이 필수적인 요소가 되고 있다. 사과를 사면 돈을 받는 것처럼, 나에게 사과를 제멋대로 쥐어놓고 돈을 요구하는 것처럼. 고작 사과 하나에 흔들리는 세상이다. 진심이 묻었는지 알지도 못한 채 건넨 사과에 흔들리는 마음이다.

건빵 한 봉지

제주에 있는 우리 집과 부산에 있는 외할머니댁에는 그 언제나 건빵이 몇 봉지째로 있곤 했다. 건빵은 빵을 바짝 구워 만든 과자 같은 것인데 때때로 할머니 집에 갈 때면 할아버지께서 내가 좋아하는 것이라며 손에 꼭 쥐여주시진 않아도 수십 년 함께한 정겨운 외갓집 식탁 위에 올려두시곤 했다. 할아버지는 그런 분이셨다. 누구보다 무뚝뚝하고 정 없어 보여도 누구보다 가족들을 사랑하시는 분이셨다. 특히나 막내 손녀였던 나를 위해 매번 마을 앞 슈퍼에 가서 건빵을 사두시던 모습을 난 잊을 수가 없다. 사실 난 건빵을 그리 좋아하지 않았는데도 불구하고 말이다.

그렇게 언제나 멋있으셨던 할아버지는 작년 여름, 사고로 갑작스레 돌아가셨다. 태풍으로 인해 완전히 폐허처럼 변해버린 우리 가족들의 소중한 집에는 비가 샜고, 그 빗물이 똑똑 소리를 내며 떨어지던 식탁 위에는 늘 그랬듯 건빵이 있었다. 시간이 없다고 혹은 비행기표가 너무 비싸다며 부산에 자주 가지 못했던 우리 가족을, 나를 기다리며 사놓으셨던 건빵 몇 봉지에 나는 결국 눈물을 보이고 말았다.

살면서 그런 말을 들어본 적이 있다. 익숙함에 속아 소중함을 잊지 말자. 나는 언제나 나를 기다리던 건빵의 존재를 잊고 살았다. 그 누구보다 멋있는 목소리를 자랑하셨던 할아버지의 얼굴을, 마음을. 익숙함에 가려진 소중한 것을 잃고 나서야 나는 그제야 깨달았다. 그리고 후회했다. 겨우 시간이 없다는 못난 핑계로, 심지어 외갓집에 가서도 나는 아무 감정 없던 작은 화면만을 바라보며 그 모든 것을 손바닥으로 가리려 하지 않았는가. 나와 사촌 언니, 오빠들에게 자신이 닦은 산길을 보여주려 산에 가자며 말을 꺼냈던 할아버지도, 그 말에 아무 말 없었던 나, 향교나 한번 들렀다 가자는 말에 짜증을 냈던 나도. 그 모든 것, 선한 일이든 못된 일이든, 그 모든 것은 촌스러운 건빵 봉지 안에 담겨 있다.

결국 할아버지가 돌아가시고, 우리 가족은 결국엔 향교로 향했다. 향교에서 잠들던 첫날 밤, 나는 생각했다. 이 작은 향교에 오는 것이 뭐가 그리 힘들어서 짜증을 냈을까. 그냥 한 번 같이 올걸. 마음이 아파 잠이 오지 않았다.

제주로 돌아가고, 그제서야 할아버지의 부재가 온몸으로 느껴졌다. 여전히 내 핸드폰에 존재하는 전화번호를 보며, 그 사람은 이제 여기 없구나. 라는 생각과 함께 또다시 후회는 찾아온다. 돌아오는 버스 안에서 건빵을 안고 엉엉 울었던 나를 되새기고 또다시 되새긴다.

익숙함에 속아 소중함을 잊지 말자. 그 모든 것을 소중히 대하자. 이 작은 나의 다짐은 비단 언제 갑자기 닥쳐올지 모르는 이별을 위한 것이 아니다. 매 순간 말을 내뱉고 돌아서 후회하는 우리이지 않은가? 이제부터라도 그 후회를 조금이나마 줄여보려, 그리고 그 사람에 대한 후회보다는 아름다웠던 추억에 잠겨보기 위함이다. 언제나 같은 자리, 같은 모습으로 날 기다리던 건빵 봉지처럼 변하지 않을 추억 말이다.

당장 우리 주위를 둘러봐도 익숙함에 가려져 그 빛을 다 발하지 못하는 소중한 것들이 많다. 그게 사람이든, 시간이든, 혹은 물건이든, 우리는 그 모든 영겁을 걷어내고 그 소중한 것의 존재를 잊지 말아야 한다. 여전히 그 부시럭대는 건빵 봉지는 새로 이사한 외갓집에서 나를 기다리고 있다. 부산에 자주 가지 못하는 것은 여직 고치지 못한 문제이지만, 나는 언제나 식탁 위에 올려져 있던 건빵을 유구히 기억한다.

고래를 위하여

2012년의 고래와 바다에게.

나는 태어나기를 중국에서 태어났다. 대륙의 중심부에서 산 높고 나무 많은 초록 세상에서 살다가 세 면이 바다로 둘러싸인 한국으로 집을 옮긴다는 것은 단연 나의 인생에도 무언가 큰 변화가 생겼다는 것이다. 단순히 부모님 일을 위해서였고, 아빠가 일하던 회사가 좀 커져서 한국으로 오게 되었다. 그럼에도 현실은 각박했다. 중국의 반의반의 반도 되지 않는 이 땅덩이에서는 일어날 수 없는 일이 일어나곤 했다. 첫 번째로 입주를 거부당했다. 외국인이라는 이유만으로. 어머, 요즘 난민 문제 심각하잖아요. 저희도 불안해서 못 받아요~ 그 말에 한 번 빡 돌았다는 건 사실이었다. 분명히 말해두건대, 우리 가족은 난민이 아니었다. 요새 외국인들은 일자리 구하기도 힘들다는 말에 속으로 답했다. 아닌데요, 우리 아빠는 회사도 있는데요. 일 잘 풀려서 한국으로 발령 난 건데요. 진짠데요.

내 세계는 한국으로 오며 오히려 더 넓어졌다. 사람들을 보는 시야도 한층 넓어졌다. 외적으로 별 차이 없는 한국인과 중국인. 그럼에도 나를 빤히 바라보는 사람들을 보며 눈으로 욕한다. 뭐 잘났다고 그렇게 보세요. 눈 깔아요. 그러나 드러나는 외부 혐오는 가끔 자기혐오도 동반했다. 한국어야 어릴 때부터 좀 배워서 잘했다. 그러니까 나는 애초에 태어나기를 한국에서 태어났어야 하는 게 아닌가 하고 홀로 출신을 부정하기도 한 날도 있었다.

그렇게 지나 한국에 온 것도 벌써 5년째다. 이제는 진짜로 내가 봐도 한국인 같다. 그럼에도 매년 담임들은 내게 물었다. 중국에서 왔구나. 왜 온 거니? 처음에는 하나씩 답해줬다. 아 그게 부모님 일이… 어쩌고저쩌고 그래서 어쩌고저쩌고… 입 아프게 설명했다. 그만하면 양호해진 질문이었으니까. 중학교 시절에는 대놓고 너 짱깨였구나 하며 혐오감을 드러내는 뭔 같잖은 담임도 있었음을. 그런데 이 질문 받기도 오 년, 나는 간단하게 답한다. 그냥요, 바다 보려고요. 중국에서 바다 보기 힘들거든요. 또 제주도에 가면 돌고래도 볼 수 있다면서요?

"바다는 무슨, 기름때나 줄줄 낀 게 뭐가 예쁘다고."

그러면 옆에서 김바다가 답했다. 그리고 뭐 돌고래? 나 진짜로 태어나서 한 번도 본 적 없어. 입 삐쭉 내밀었다. 그러면 나는 그저 아무 말 없이 허허 웃는다. 솔직히 나도 잘 모른다. 중국 외곽으로 가면 바다가 보일지. 중국은 한국에 비해 어마무시하게 크기 때문에 내가 모르는 세상이 많다. 그런데 한국은 달랐다. 워낙에 협소한 곳이었고 내가 바라보는 세상 그 자체가 진리가 되는 매우 투명한 곳이었다. 나는 이제 모르는 게 없다. 다 안다. 고래가 어제 열린 청소년 수영대회에서 금메달 딴 것도, 바다가 그 금메달 가지고 장난치다가 고래한테 겁나 맞은 것도, 그리하여 고래와, 바다. 이 둘은 원래부터 사이가 안 좋았던 것도 다 안다. 난 그렇게 믿었다. 내가 볼 수 있는 세상은 그게 끝이었으니까.

내 세상에서 바다는 그랬다. 오늘도 축구하러 나갔다. 급식이 코로 들어가는지 입으로 들어가는지 상관없이 빠르게 해치우고 운동장으로 달려 나갔다. 몇 번 태양에 달구어져 까맣게 타버린 피부색이 영 건강해 보였다. 바다는 그랬다. 맨날 옆 반이랑 축구 내기해서 아이스크림 따왔다. 운동장 뛰는 건 김바다 이외 따라붙는 다수인데 먹는 건 반 전체였다. 그래서 바다는 그랬다. 애들이 모두 좋아했다. 믿고 따랐다. 대가리였다. 중앙고 대가리.

김바다는 축구를 잘했다. 아니, 축구도 잘했다. 일단 하는 말이 웃기고 얼굴은 좀 반반하게 생겨서 빅뱅 노래도 곧잘 부르며 공부도 좀 했다. 이유는 모른다. 저래서 김바다 김바다 하나 보다. 우리 반 애들 중에도 김바다 우상으로 삼고 따라 하는 애들 몇 있다. 고등학교 남자애들 우상은 갓벽 양아치니까. 행님 왔다!! 어때 좀 바다 같냐. 맞다, 김바다 저번에 상고 애들이랑 맞짱 떠서 이겼다며. 아 진짜 대단해. 나도 쌈질이나 배울까. 김바다는 수업 안 들어도 성적 잘 나오잖아. 에효 부럽다. 나는 학원만 뺑뺑이 도는데.

등신들. 바보 같아. 백날 따라 해봐라. 호박에 줄 긋는다고 수박 되나. 너네는 그런 깡따구도 없잖아. 이름이 같은 애가 반에 두 명이나 있다며, 헷갈리니까 자기 이름에는 바다라는 한자가 들어가니 자기는 그냥 바다로 불러달라는 그런 패기 따위가 말이야. 여하튼, 그만큼 김바다의 위상은 대단했고 김바다의 말은 곧 법이 됐다. 그냥 하는 말인데도 애들은 그랬다.

김바다. 김바다는 이름값 좀 한다. 그러니까 내 말은 주위에서 쉽게 찾아볼 수 있는 이름인데도 우리 학교, 중앙고등학교에서는 적어도 바다의 이름은 곧 그 애의 권력으로 내몰린다. 바다, 우리 학교 짱 아니냐. 근데 사람은 안 패. 착한 애야.

"착하기는 개뿔, 너네는 양아치가 착한 거 봤냐."

그러면 다 녹은 뽕따 앞에 두고 고래가 말했다. 고래의 몸과 뒤로 늘어뜨린 머리칼에서는 묘한 락스 냄새가 풍긴다. 그와 함께 뽀송한 머리칼이 어제의 고단했던 경기를 말해주고 있었다. 그런데도 얘는 참 웃겨. 태연하잖아. 어제 금메달 딴 게 김바다였으면 아마 오늘 등교할 때 목에 걸고 와서 선도부한테 걸렸을걸.

"뿡따 왜 안 먹었냐. 그럴 거면 나 주지."

"나는 남의 것 안 뺏어 먹어."

"그래? 그래두 아깝다."

내가 고개를 갸웃댔다. 저것도 다 다른 애 돈일 거 아냐. 그런 거 난 싫거든. 누구 거 뺏는 것 같아서. 나쁜 짓이잖아. 아니냐 민아. 고래가 나른하게 대답하자 앞에서 김바다가 웃어댔다. 아~ 정의의 선구자 납셨네~ 옆에 있던 고래가 인상을 구기며 뭐 빙신아. 하고 되받아치면 김바다는 또 다시 해사한 미소 지으며 답지 않게 멘트 하나 날렸다.

"하긴 우리 고래, 차가운 거 먹고 물 들어가면 배 아푸 징."

"고래라고 부르지 마."

아 난 또 눈치 없게…. 눈썹을 축 내리며 사과했다. 미안, 까먹었다. 너 오늘도 훈련 있어? 어제 경기 아니었나? 와, 사람을 무슨 개처럼 굴리네.

"훈련이야, 맨날 있는 거고. 그리고 처먹어도 괜찮거든 새끼야."

"……."

"남의 거나 뺏으면서 사는 불쌍한 새끼."

고래의 시선은 김바다를 향했다.

"…아 고래야 너는 왜 또."

김바다가 물고 있던 뽕따 대가리를 저리 툭 뱉었다. 굳어 버린 바다의 얼굴에 화기애애하던 교실 분위기가 얼어붙었다. 나는 그냥 익숙한 듯 고개 숙인 채 뽕따나 빨았고 고래는 어깨 으쓱거렸다. 뭐 어때. 좋은 말~ 좋은 말~ 내가 싱긋 웃으니 애들이 작위적으로 따라 웃는다. 하하하하하… 들려오는 어색한 웃음소리가 우스웠다. 곧 점심시간이 끝난다. 그러면 고래는 언제나 그래왔듯 수영장으로 향한다. 락스 냄새 진동하며 귀가 윙윙대는 그곳으로. 그러면 정말로, 진짜로 바다의 시간이 시작된다.

"쟤, 내가 죽일 거야."

"……"

아마 듣는 사람 대다수는 진짜로 김바다가 고래를 죽일까 싶어 걱정했을 거다. 그 누구도 가라앉은 교실에서 말을 꺼내는 사람은 없었다. 그 사이 주위를 좀 둘러보던 바다가 그제야 웃었다.

"…장난이야."

애들이 안도의 한숨 섞인 목소리로 떠들기 시작했다. 그럼 그럼, 너네가 이러는 게 한두 번도 아니고.

김바다의 말은 곧 법이다. 증명됐다. 이거 하나로. 입법

175

부, 사법부, 국회의 일을 바다 하나가 다했다. 왕권신수설이라는 말이 있다. 권력은 하늘이 내려주는 것이고 왕은 곧 신으로 추앙 당한다는 말. 나는 그것을 사회시간에 처음 듣고 김바다를 쳐다봤다. 햇빛에 다 타버린 구릿빛 피부의 김바다는 그런 나와 눈이 마주치고 윙크했다. 그러니까 나는 인상을 찌푸리나 웃으며 욕을 내뱉는다. 미친놈.

그래, 김바다는 원체 저렇게 태어났다고 고래가 그랬다. 미친놈, 쟤는 초등학교 때부터 저랬다고.

김바다는 내 세계에서 국가다. 그런 김바다에게 어쩔어쩔. 니나 많이 드세요 으응 퉤와 같이 반정부의 사인을 날릴 수 있는 사람은 오롯 고래뿐이다. 그나마 이놈 저놈 감히 부를 수 있는 게 고래 다음으로 나였다. 사실 별 게 아니거든. 김바다라는 애 하나 때문에 애들이 스스로 빌빌 긴다는 게. 신경 거슬릴까 봐 허리 곧게 편다는 게.

그럼에도 서열은 잔인하다. 특히나 운동에, 경쟁에, 그리고 드라마에 미친 십팔 세 고딩들에게는 바다는 신이다. 국가다. 법이다.

그러나 확실히 말해두건대, 고래가 바다와 비슷해 보여도 양아치는 아니다. 담배는 훈련 스트레스 땜에 가끔씩 태우는 거구 꼴에 수영선수라 폐 건강 지킨다고 끊은 지 한 달 정도 됐다. 거두절미하고 다시 말하지만 고래는 고래다. 정말로. 단순히 앞으로 전국, 아니 세계로 글로벌하게 나아갈 어느 한 수영 유망주이자 소중한 내 친구의 커리어를 보호하기 위해 그냥 하는 말이 아니라 고래는 정말로 건강한 사회를 살아가고 있다. 별명도 괜히 고래일 리가 없다. 대회만 나갔다 하면 메달 목에 달고 들어왔다. 그러니까 우리 학교 고래하면 걔가 생각나는 건 당연했다. 그러나 고래는 재능도 타고남과 동시에 무서울 정도의 집념도 타고났다. 걔 스스로가 그랬다. 중학교 때 장래 희망 수영선수로 내고 진짜로 수영 시작하더니 다른 길로 눈 돌릴 틈도, 빠질 틈도 없었다구. 그런데 하하 웃는 웃긴 놈이지만 절대 우습지는 않은 놈. 정신 차려보니 김바다 걔는 분명 그런 애가 되어 있더라구. 어쩌다 보니 그런 애더라구. 사실 나랑은 너무 다른 사람이라서 같이 살아가는 것도 실감이 잘 안나. 그래서 저렇게 큰가 싶기도 하구. 몸집이 저렇게 큰가 싶기도 하구. 그래서 중앙고 짱 먹었나 하구.

-

고래가 수영장 가고 없는 시간에 우리 반은 빅뱅 열풍이다. 행쇼~ 다들 행쇼~ 야야 옆 반에 어떤 놈은 지디 따라한다고 머리 잘랐대. 왁스 떡칠하고 왔다가 학주한테 걸렸다더라. 그건 지디가 아니라 지랄이지. 옆에서 애들이 킬킬대며 웃었다. 확신하건대 지디 닮은 건 김바다가 더 닮았다. 얼굴이 아니라 하는 짓이 그냥 간지 철철. 지디는 유행을 만들잖어. 같은 남자로서 가오 살아. 바다도 그래. 걔가 아디다스 저지 걸치고 다닌 이후로 형형색색의 아디다스 저지가 우후죽순 생겨났다. 이제는 어디를 돌아봐도 다 아디다스다. 이제는 하도 많아서 이름까지 아다다스로 잘못 발음할 지경이었다. 이어서 유행은 운동 가방이다. 사실 바다 책가방은 따로 있는데 바다가 매일같이 고래 수영가방 들어다 주다 보니 소문이 그렇게 난 모양이다. 있잖아 걔, 중앙고 대가리. 걔가 운동 가방 메고 다니던데 나도 하나 사야겠다고.

빅뱅 다음으로는 소녀시대다. 아 트윙클~ 트윙클~ 어쭙잖은 궁댕이 튕기면서 손 모으면 지가 소녀시대인 줄 아는 놈들이 대부분이었다. 나는 인상 찌푸렸다. 토 쏠려. 궁댕이 치워. 내가 신경질 내며 손을 휘젓자 애들이 내게 더 바싹 다가와서 살랑댄다. 귓가에는 듣기 싫은 목소리밖에. 내가 입이 험한 편은 아니지만 어쩔 수 없는 불가항력으로 입을 연다. 미친, 개드러워.

"얘들아 다다음주가 시험이야. 공부 안 하냐?"

그때 옆에서 반장이 볼멘소리로 물었다. 그러니까 앞에 있던 김바다가 짧게 아, 맞다. 내뱉으며 뒤를 돌아 헤헤 웃었다. 저 미소는 그러니까, 지만 또 잘 보겠다는 뜻이었다. 나는 한문 때문에 미칠 것 같은데. 또 손바닥 맞으면 어떡하나 곧 1학기 기말에다가 쪽지 시험이잖아. 요즘은 잘 안 때리긴 해도 한문쌤은 원체 우직한 분이시라. 내가 한숨 쉬며 한문책 넘기니 옆에 앉아있던 남자애 하나가 물었다. 기영이다. 너도 한문 공부하냐? 그럼 하지 안 하니? 하니 얘가 재수 없게 내 책상에 턱을 괸다. 너 중국말 하니까 한문도 하지 않니. 너 중국에서 온 거 아니었니. 양심에 찔리는지 구태여 '그' 발언은 하지 않았다. 내가 차갑게 기영이 얼굴을 봤다. 어쩌라고. 입 닥쳐. 속이 부글부글 끓어오르다가 말았다. 간신히 대답한다. 그래도 모르는 글자는 있어. 좀 어릴 때 왔잖냐 내가. 그러니까 뭣 같게 웃으며 고개 끄덕였다. 그래, 그렇게 끝냈으면 나도 너 쓰레기라고 욕할 일은 없었을 거다. 그냥 기영이 개싫다 하고 끝냈을 거다. 근데도.

"너네는 진짜 일 년에 한 번 씻어?"

"……."

"……."

"…뭐라고?"

그게 뭔 개소리인지 깨닫는 데에 시간이 좀 걸렸다. 누가 중국인은 일 년에 한 번 씻는다고 했는지 묻고 싶었다. 누가 그러는데. 대체 누가. 결코 마주치고 싶지 않았던 상황을 마주했다. 한국으로 이사 온 후로, 이만하면 적당히 잘 녹아들었다고 생각했다. 그랬는데. 정말 그랬는데. 나는 아직 겨우 너네라는 말로 구분되는 중국인 짱깨다. 적어도 너네한테는.

"미친놈이."

내가 겨우 뱉어냈다. 그리고 생각했다. 나는, 우리 가족은 좀 사는 사람들 산다던 동네에서 고급 빌라 3층에서 사는데. 여기 대부분 애들보다 내가 좀 더 잘 살 텐데. 너네는 썩은 아파트에서 살지만 나는 오히려 아닌데. 대체 오해가 뭐길래. 아니, 의도된 편견을 드러내는 건 대체 뭐길래. 곧 눈물이 나올 것 같았다. 주먹을 꽉 쥐었다. 하얗게 질렸다.

"아!"

그러다가 걔가 단말마의 비명을 쩩 질렀다. 대가리를 움켜쥔 채로 머리를 맞고 떨어진 페트병이 날아온 곳을 노려봤다. 그리고 단박에 눈에서 힘을 푼다. 어, 바다야… 나도 그 시선을 따라 고개를 돌렸다. 김바다가 그놈을 두 눈 내리깔며 쳐다보고 있었다. 옆으로는 1리터짜리 빈 포카리통이 떨어져 있었다.

"미안, 쓰레기통인 줄 알고."

바다의 말에 티비를 보며 열광하던 애들도 고개를 돌렸다. 웅성거리던 소리가 뚝 끊겼다. 그럼에도 바다는 또 웃었다. 하지만 이번에는 좀 달랐다. 한쪽 입꼬리만 씩 올리더니 한심하다는 표정으로 내려다봤다. 너 냄새나서 쓰레기통인 줄 알았어 기영아. 그러니까 걔 표정이 구겨진다. 뭐라고? 김바다는 그에 다시 웃음기를 싹 거두더니 앉아있던 책상에서 내려와 다가왔다.

"동민한테 샴푸 추천이라도 받던가. 너한테서 쓰레기 냄새나."

"……."

"어? 이기영. 어?"

김바다는 내 어깨에 팔을 둘렀다. 나는 꽉 쥐었던 주먹을 풀었다. 가쁜 숨을 한 번에 내쉬며 시선을 피한다. 이기영은 처음 느껴보는 오싹한 침묵에 다급히 움찔거리며 입을 열었다. 그러게 조용히 있지 왜 건들지 못해 난리인지. 아니 그게 아니라 동민 얘가 중국에서 왔으니까 궁금해서…

"…기영아, 네가 왜 기영이라고 불리는 줄 아니. 겁나 이기영 같애. 검정고무신 기영이 알지. 너 걔 같애. 멍청해. 대가리가 돌인가 봐."

"……."

"네가 뭔데 궁금해해. 네가 뭔데 동민을 동물원 원숭이 취급해."

"……."

"그래, 얘 중국에서 왔지. 근데 한국어 잘하잖아. 그림도 겁나 잘 그려. 저번에 상 탄 거 봤지. 그리고 무엇보다 얘는, 내 친구야."

"……."

"근데 넌?"

"……."

"할 줄 아는 게 없으면 이기영처럼 울면서 바나나 처먹든가, 그럼 원숭이 보듯이 구경이라도 해주게. 아, 아니다. 내가 쓰레기는 취급 안 해서 그건 좀 힘들 것 같기도 하고."

나 또한 이러한 침묵은 싫었다. 누군가 한 명은 바다에게 말로 처맞아서 실려 나가는 게 특징이었으니까. 그런데 기영아 너는 진짜 개쓰레기인건 알지. 아무렇지 않은 척 툭 내뱉는 게 얼마나 널 불구가 될 때까지 패고 싶은지나 아니.

"…미안."

"나 말고, 민이한테."

"……."

기영이의 기분 나쁜 눈동자가 내 얼굴을 쳐다봤다. 나는 걔를 싸늘하게 내려다본다. 내 책상에 올려놨던 기영이의 팔은 일찍이 가지런히 내려놓은 후였다.

"사과해. 예의 없이 군 거."

미안… 하다. 이기영이 결국 고개를 떨구었다. 시뻘겋게 달아오른 두 뺨과 충혈된 눈이 통쾌했다. 상황이 정리되나 싶어도 김바다는 내 어깨에 매단 팔을 빼지 않고 오히려 더 세게 감아온다. 우냐? 울어? 김바다가 킬킬댔다. 그러다가 하는 행동이, 울지만 말고 바나나 처먹으라니까 하며 옆에 있던 바나나킥 던지는 거였다.

　-

　그날 학교를 마치고 나와 김바다는 야자 쩨고 피시방에
갔다. 롤 할래? 김바다는 롤이 뭔지도 모른다. 중앙고 짱이
라면서. 그래서 내가 자랑스럽게 소개해 줬다. 오늘 빚 갚
기도 하는 겸. 롤이 뭐냐면 바다야, 게임이거든 요즘 겁나
유행인데 몰라? 노노 민아, 나는 유행 잘 안 타잖아. 나는
유행을 선구하잖어. 그래, 인정. 그렇게 컴퓨터 앞에서 몇
시간을 있었다. 김바다? 솔직히 게임 잘한다. 처음치고는 진
짜 잘한다. 내가 처음에 친구한테 배웠을 때에는 워낙 착한
애라 못한다고 욕… 까지는 안 먹었지만 한숨 섞인 미소 받
긴 했다. 그런데 김바다는, 잘한다. 왜냐고? 김바다니까.

　"아, 나 이거 안 해."

　그렇게 열심히 키보드 두들기던 김바다가 돌연 쓰고 있던
헤드셋을 집어 던졌다. 앞에 있던 화려한 초록색 네온사인
에 스트레스에 잠적 된 바다의 얼굴이 비친다. 그에 내가
물었다. 왜?

　"아니이 왜 자꾸 부모님 안위를 묻냐고."

　그에 난 웃음을 참지 못하고 와하하하 웃어버렸다. 그냥
집에서 주무신다 그래. 그러니까 김바다가 날 보면서 살벌
하게 입을 연다.

"웃겨?"

"…아니."

내가 다급히 표정을 굳히다 말았다. 김바다가 다시 입을 연다. …사실 나도 웃겨. 그나저나 고래는 언제 끝난대. 가자 벌써 여덟 시임. 나는 고개를 끄덕이며 일어났다. 그때 김바다의 핸드폰이 울린다. 저장되지 않은 번호로 걸려온 전화에 바다는 잠시 그것을 빤히 보다가 받아들었다. 핸드폰 너머로 들려온다.

-아 바다야 왜 이리 전화를 안 받아. 기다리느라 기분 잡치게.

내가 누구냐고, 누군데 감히 너한테 냅다 욕 박냐고 묻기도 전에 김바다는 태연하게 받아친다.

"…궁금해? 궁금하면 오백 원~"

그리고 그렇게 뚝 끊어버리고 나서 피시방을 나서는 거다. 나는 결국 이 세계의 법에 따라 바다의 텐션에 맞출 수밖에 없다. 바쁘니까 빨리 들어가장~ 내일 울 나나도 밥 줘야댕~

-

고래는 오늘도 아침부터 수영장 갔다. 원래 같았으면 그냥 학교 가는 건데 특별한 날이라 고래 데리러 동네 체육관 앞으로 갔다. 체육관 건물 앞으로는 커다란 운동장 하나 있고 그 바로 옆 건물에 고래가 헤엄치는 수영장이 있었다. 벌써부터 불이 켜져 있는 수영장의 창문으로는 빛이 물에 반사되어 일렁이는 물결을 비춘 인영이 살며시 보였다. 그렇게 좀 기다리니 고래가 젖은 머리 털면서 옆구리에는 수영가방 하나, 등에는 책가방 하나씩 메고 나왔다. 그러더니 우리를 보고 우뚝 멈춰 섰다. 그러더니 말한다. 아 맞다 오늘 나나 밥.

"샀어?"

"오다가 참치캔 사 옴. 어제 늦게 들어가서 오늘 아침에 못 일어날 뻔."

"…너네 또 야자 쨌나?"

"으응, 어제 좀 일이 있어서."

"진짜 그러다가 학교 짤린다."

"에이, 그 정도는 아니야."

그나저나 어제 너 가고 무슨 일이 있었는지 아니 고래야? 김바다가 이기영 겁나 팼어. 말로 아주 그냥 딱딱! 뭔지 알쥐~ 왜냐면 이기영 그놈이 나한테 어쩌고저쩌고 그랬거든…. 학교로 향하던 고래는 김바다를 째려봤다. 양아치 짓 하지 말라고 등신아. 김바다는 어이없다는 듯 답한다.

"양아치는 누가 양아치. 나 걱정하냐 지금. 이잉~ 요 앙큼한 고래!"

"아니거든 등신아. 내가 왜 니 걱정을 해. 죽이고 싶음

185

몰라."

"아 말 겁나 아프게 하네. 칫, 결계인가."

7시 반 정도를 넘어섰다. 성실한 학생답게 일찍부터 학교
로 향했다.

는 무슨,

피곤해 죽겠는데 굳이 이 시간에 학교로 기어들어 가는
이유는 따로 있다. 바로 어제 내가 말하기도 했던 나나 때
문이다. 나나가 누구냐면 그냥 길고양이다. 우리 학교 건물
뒤편, 담벼락 아래 벤치에서 숨어 산다. 얼룩덜룩한 모양새
를 가진 나나를 처음 발견한 건 나였다. 담배 태우러 간 고
래 찾으러 갔다가 처음 봤다. 그 귀여운 얼굴을. 그때는 지
금보다 더 작았다. 정말 한 손에 다 들어오는 작은 몸이었
는데 함부로 고양이 새끼를 만지면 안 된다길래 처음에는
그냥 지켜보기만 하다가 며칠이 지나도 보살펴주는 이 하나
없어서 밥 주고 우유주고 다 했다. 어미가 없나 봐. 불쌍하
다. 김바다와 고래는 내 뒤에 서서 그 작은 꼬물거리는 생
명체를 보다가 시선을 주고받았다. 김바다가 자그맣게 한숨
을 쉬었다.

그리하여 나나. 중국말로 난다는 뜻을 가지고 있기도 하
다. 힘든 시련 모두 견딘 후 힘차게 날아오르라고 나나라고
이름 지었다. 바다와 고래도 썩 마음에 들지 않는 눈치였지
만 그럭저럭 괜찮다고 했다.

나와 고래는 돌아가며 참치캔 하나씩 산다. 가끔은 거금 들여 고기도 줬다. 그런데 김바다는 딱히 나나에 대해 적극적이지 않았다. 그냥 가끔가다가 말한다. 얘 목욕시켜야 하는 거 아니냐. 그럼 고래가 날카롭게 답했다. 고양이들은 물 싫어해서 막 억지로 물에 넣으면 안 돼. 모르면 가만히 있어. 그 말에 바다가 머쓱하게 입을 꾹 다물었다. 고래 너는 진짜 한 번도 지는 법이 없지. 내가 왜 져 너한테. 다시는 안 져. 그리고 그렇게 부르지 말랬지.

"야 근데, 얘 왜 부모가 없을까."

"…내가 아냐."

"뭔 일 있나. 죽었나. 워낙 애들이 살아 움직이는 것만 보면 파괴하고 싶은 욕구가 요동치잖냐. 예를 들면 기영이 같이. 어제 우리 민이 기영이한테 파괴당할 뻔~ 아니, 그 반댄가? 우리 동민 주먹이 날아갈 뻔했나? 욜~ 중앙고 불주먹~"

"개소리도, 바다야. 왜 하필이면 민이를 데리고."

"…귀여운 새끼. 걱정은."

고래가 바다의 말에 심한 거부반응을 보이며 몸서리쳤다. 자꾸만 손으로 고래의 머리통을 쓰다듬는 바다를 인상 가득 쓰며 뿌리쳤다. 그러고는 하는 말.

"우리가 부모를 빼앗은 거일 수도 있지."

"…아, 개소리. 너는 또 그러지 고래야."

또 틱틱대는 고래와 바다. 이게 나의 세상이다. 넓지만 좁은. 한국에서의 나의 세상. 나의 친구, 나의 우정, 나의 영원한 추억. 표면적으로 우리는 청춘을 만들어가고 있었다. 그게 내가 볼 수 있는 나의 세상.

"민아, 얘 여기 사는 거 아는 애들 있어?"

"아니 절대 없을걸. 다들 담배만 태우고 가서."

그러나 그 이면의 너의 세상. 바다의 세상. 바다와 고래의 세상. 나는 볼 수 있는 것만 눈에 담는다. 볼 수 없는 것은 영원히 볼 수 없다. 단순한 나였기에. 단순한 시야 정도를 가지고 있었기에 바다와 고래는 나를 좋아한다. 생각이 너무 많지 않아 좋다고. 그런 사람이 자기네들에게는 필요하다고.

"아 아침 안 먹어서 배고파. 나중에 매점 가서 땅콩 빵 하나씩 땡기실?"

"뭐래, 얘 알러지 땜에 땅콩 못 먹어."

"아 진짜? 난 몰랐네."

보는 것이 곧 믿는 것. 나는 보이는 것만 믿으며 살았다.

"내가 저래서 쟬 싫어해."

-

그날 오후는 많이 시끄러웠다. 고래는 오늘도 4교시 땡하고 수영장 갔고 하필이면 석식이 겁나게 맛이 없어서 나랑 김바다랑 밖에 나가서 먹자고 했다. 마침 학교도 시내 근처에 있어서 주위에 먹을 게 많았다. 당연히 나랑 김바다는 김밥천국으로 향한다. 걔랑 나랑은 음식 취향이 달라도 너무 달라서 메뉴 세기도 눈 아픈 김밥천국 아니면 안 된다. 그렇게 뭐 먹을 거냐 아 그건 좀 별로네 뭐네 투닥대면서 교문을 나서니 눈앞을 가로막는 빨간 상고 교복. 우르르 떼지어 도로를 건너오는 무리가 좀 위협적이었다. 나는 가만히 바다를 쳐다봤다. 눈빛이 무심하다. 한심하다는 얘기다.

"······."

"······."

소문으로는 그렇다. 상고 애들? 장난 아니게 사납다. 일단 생긴 것부터 별로다. 그런 쟤네랑 싸워서 이겼다는 김바다. 너는 대단한 애야. 그렇게 우리는 아무 말도 하지 않고 그대로 가던 길 가려던 참이었다. 바다가 내 팔을 툭 치며 고갯짓으로 그냥 가자고 했기 때문이었다. 그런데 가로막혔다. 내 어깨에 누군가가 팔을 두르며 끌어당겼다. 어어, 소리를 내며 휘청이자 바다가 돌아본다. 안타깝게도 마주쳤다. 하필이면 인상 제일 사납게 생긴 애랑.

"어. 우리 따까리 하이."

우리보다 한참 더 삭아 보이는 그 애 얼굴이 바다를 향했다. 번듯이 담배 꼴아 문 채였다. 바다는 감히 중앙고 짱을 따까리라고 부른 걔를 빤히 보다가 한숨을 푹 쉬며 인상을 구겼다. 무엇보다 그 꼴사나운 애 옆에 어정쩡하게 끼어 있는 내가 너무 불쌍해 보였을 탓일 거라. 나는 눈을 돌려 빨간 교복에 달린 노란 명찰을 쳐다봤다. 촌스러운 이름이다. 뒤에서는 몸집 커다란 애들이 낄낄댔다. 야야 상두야 그만해라~ 애 울겠다. 아, 어디서 많이 들어봤다 했더니 그 개같은 기영이가 나불대는 걸 들은 적이 있다.

「나 학원에서 걔 봤어. 그 상고 대가리라고 해서 상두라고 불리는 애. 와 나랑 같은 학원인데 진짜 주먹 겁나 크더라. 왜, 소문에는 중학교 때 사람 죽일 뻔했다며… 그때 생긴 게 목에 커다란 흉터라구….」

머릿속을 스치는 재수 없는 목소리와 함께 앞에서는 김바다의 목소리가 들려온다.

"너 뭐야."

"나? 네 친구지."

"……."

"근데 얘는 누구니. 누가 말하던 짱깨니. 그리고, 네 옆에 니 동생 고래는 어디 갔니. 너 땜에 집 나갔다니."

상두가 입을 열 때마다 입에서 허연 연기 피어오른다. 왜인지 목소리가 익숙하게 느껴진다. 사실 그 사실이 더 기분이 나빴다. 친구는 개뿔. 그에 바다가 깨끗한 숨과 함께 피곤한 목소리로 말을 뱉었다.

"너 아직도 내 뒤 캐고 다니냐?"

나 또한 그 말에 날카롭게 상두의 얼굴을 올려다본다. 누구 말대로 목에 커다란 흉터 하나 있다. 그거 눈에 담으면서 욕한다. 또라이. 미친놈. 다시 한번 속이 끓어오른다.

"당연하지. 내가 널 얼마나 좋아했는데. 응?"

"……."

"근데 왜 나 버리고 이딴 애랑 친구 해. 짜증 나게."

그에 상두는 더욱더 세게 내 어깨를 제 쪽으로 잡아끌며 더럽게 헤헤 웃는다. 찌든 담배 냄새와 함께 기분이 더럽다. 그리고 징그러울 정도로 큰 상두 손에 내 어깨가 다 감싸지는 것도 토악질이 나올 정도로 더러웠다.

"야 동민. 뭐해. 빨리 와."

바다의 말에 나는 상두의 팔에서 벗어나려고 했으나 워낙에 우악스럽게 어깨를 잡고, 아니 쥐고 있던 탓에 쉽지가 않았다. 게다가 사납게 생겨서 깐족대면 맞아 뒈질 것 같은 앤데 내가 바다도 아니고 그냥 평범한 학생이자 바다 친구라는 빽 하나 겨우 달고 있는 내가 감히 더 깨길 수도 없었다. 아등바등하는 내 모습에 김바다는 다시 한번 한숨을 내쉰다.

"기영아."

뜬금없는 이름 하나가 불린다. 그러고 보니 아까부터 뒤에서 익숙한 목소리가 들리긴 했다. 하이톤의, 듣기만 해도 너 중국인 아니니. 할 것 같은 역겨운 목소리. 이기영. 상고

191

교복 안의 중앙고. 박쥐 같은 놈. 바다의 시선을 따라 고개를 돌리자 이기영의 얼굴이 보인다. 움찔댔다. 겁에 질려있었다.

"따까리 역할 하니 좋니."

"……."

이기영이 그 상태로 굳었다. 내 어깨를 감싼 팔이 잠시 불끈 솟아오른다. 싸늘한 침묵이 맴돌았다.

"누, 누가 따까리야. 나 얘네 친구야."

"그래 바다야. 내 친구 기영이한테 말이 좀 심하네? 말 가려서 하자?"

상두는 그제서야 팔에서 힘을 푼다. 그리고 험악하게 인상 쓴다. 이기영? 내 친구지. 내 친구 맞고 오면 너 어떻게 되는지 알지. 너 진짜 뒤져 바다야. 네가 그랬으니까. 나는 네 친구 아니라고 니가 나 막 팼잖어 응?

"근데 휘순이도 나 손절치더라."

"……."

"이것들이 쌍으로 진짜."

휘순? 머릿속에 떠오르는 물음표. 휘순이가 왜? 그 순간 계속되는 상두의 말을 끊은 건 김바다였다. 기영아, 얘가 뭐 해준대? 아님 누구 죽인다고 협박하니? 아니야 그거. 내가 너처럼 살아봤는데.

"겁나 재미없어. 관둬. 그딴 짓."

"……."

"그러니까, 이기영 넌 그만하고, 상두 너는."

김바다가 단호하게 말했다. 김바다는 가만히 상두의 면상을 훑는다. 위, 아래. 그렇게 한참 동안 응시했다. 눈빛이 살벌하다. 힘을 주지 않은 눈꺼풀 사이로 검은 눈동자가 번들거린다. 이것이 김바다의 힘. 권력. 결국엔 승리. 표면적인 김바다의 모습.

"동민 내놔."

—

한참 말이 없었다. 상고 애들한테서 빠져나와 예정대로 무사히 김밥천국에 도착해 나는 김치찌개 고르고 바다는 돈가스 고를 때까지도 걔는 어떤 말도 하지 않았다. 나 또한 마찬가지였다. 나는 솔직히 말해서 이 모든 상황이 불편했다.

「얘는 누구니. 누가 말하던 짱깨니.」

그 목소리가 자꾸만 머릿속에서 울려 퍼진다. 나뿐만 아니라 고래에 대해서도 안다니. 그리고 무슨 일인진 모르겠지만 휘순이도…. 일단 그 상고 상두가 내 앞의 김바다랑 친분이 있다는 것만은 확실하다. 그러니까 김바다.

"네 친구들이 왜 날 알아. 네가 말했어?"

"……."

알 수 없는 감정. 지금까지 끓어올랐던 마음속 분노의 폭발. 그건 아마도,

"하긴, 나 같은 짱깨랑 다닌다고 그동안 힘들었겠다 그치?"

열등감. 나는 식어가는 김치찌개를 앞에 두고 바다를 쳐다봤다. 돈가스 통째로 포크로 찔러 먹던 김바다도 나를 빤히 응시한다. 곧 눈물이 나올 것 같았다. 서러워서. 짜증 나서. 빡쳐서. 그래, 그렇지. 어떻게 되든 너네랑 다니든 한국어를 그렇게 잘하든 간에 난 내세울 것 하나 없는. 특출나고 유별날 것 하나 없는 중국인인 건 변하지 않는 사실이잖아. 그래서 이제는 너랑 고래랑 친구도 못 하나 봐. 그래서 나는, 나는… 나는…

"민아."

"……."

"그게 뭔 개소리야."

푹 숙인 고개를 들었다. 머리를 한 대 세게 맞은 듯 아득했다. 바다는 정말로 어이가 없는 표정으로 날 보고 있었다. 동민, 민아. 네가 어디서 왔건 어떤 사람이건 뭔 상관인데. 너 내 친구야. 어? 동민 너는 걍 베스트뿌렌드. 몰라서 묻냐. 내가 너랑 다니잖아. 고래가 너랑 다닌다잖아. 너가 중국 이름 싫다고 우리가 한 글자씩 맡아서 이름까지 지어줬잖아. 동민이라고. 그런데 자격? 그런 게 다 어디 있어. 너

설마 상두 그 또라이 말 한마디 때문에 이러는 거? 히야아~ 우리 민이 그렇게 안 봤는데 은근 여리네~ 여려~

"상두 그 미친놈 말 귀담아듣지 마."

"……."

"걔네 무서운 놈들이야. 사람 이용하는 거 잘하거든. 그렇게 지옥으로 끌어내리는 거야. 그러니까 걔한테 네 바닥, 약점 보여주지 마. 아니 그리고 애초에 그게 왜 네 약점이냐? 중국에서 온 게 뭔 상관이라고."

"……."

"…나 상두 걔랑 친구 아니었어. 내 친구는, 진짜로 너밖에 없어 민아."

너야 동민. 나는 너라고. 김바다의 말에 괜히 목구멍이 아파온다. 무언가 목에 콱 걸린 듯이. 그래, 사실 나는 중국인이야. 근데 그 전에 나는 너네 친구야. 진짜 베스트뿌렌드. 나는 너네 친구로 살아. 한국에서 나는 너네가 지어준 대로 그냥 외자 이름을 가진 동민이고 네 친구니까. 그게 내 역할이고 내 세상이니까. 유일하게 진실되어 왜곡되지 않은.

"나도 너랑 고래밖에 없어. 그러니까 나 뒤통수 때리고 도망가면 끝까지 찾아가서 복수할 거야. 나 우유 당번인 거 알지. 너네 자리에 우유 터뜨릴 거야. 교과서 다 적셔서 못 쓰게 할 거야."

"꺄악~ 교과서는 오바. 그럼 뭐 보고 공부하냐규~"

"…진짜야. 흘려듣지 마."

그러니까 김바다가 웃는다. 정말 무해하게. 아까 전 상두에게 매섭게 말을 할 때와는 달리.

"민아, 이래서 네가 좋아. 복잡하지 않잖아."

김바다가 다시 돈가스를 집어 든다. 나 또한 울컥울컥 차오르는 감정을 막느라고 눈가를 소매로 대충 비비고는 다급히 김치찌개 크게 한술 떠 입에 집어넣었다. 아 웬일로 짜다. 눈물 때문인지 뭐 때문인지.

-

학교에서 있던 내내 애들이 내게 물어대서 좀 피곤한 몸으로 야자 마치고 집 가다가 고래 만났다. 너네 오늘 시내에서 상고 애들 만났다며. 레알이냐? 그럼 거기 대가리도 봤냐. 뭐더라. 상두? 상두였나? 다 그렇게 부르던데. 알 만한 이름인가보다. 애들이 다 아는 거 보면. 하긴, 온갖 폭력으로 난무하는 학원물이 인기이니 그럴 만도 하다. 그리고 그게 바다를 우상으로 삼는 이유이기도. 그 말에 나는 잘 모르겠는데. 이 말 하나로 일관했다. 안 그래도 내 자격지심 때문에 피곤했을 내 친구, 더 피곤하게 만들고 싶지는 않았다. 그러니까 이 사실을 고래에게만 말하는 이유는 믿을만한 애였기 때문에. 또 이상한 소문들로 왈가왈부하는 상황을 만들 일은 없을 테니까.

"오늘 시내에서 상두 만났어."

말이 채 끝나기도 전에 밤길 걷던 고래가 나를 돌아본다. 안다는 얘기다. 이 이름을. 그리고 상두 앞의 김바다를. 고래는 놀란 눈치였다. 아직 마르지 않은 머리칼이 축축하게 젖어있었다.

"…네가 걔를 어떻게 알아."

"말했잖어. 오늘 시내에서 만났다구."

"……."

"걔네 사이에 이기영도 있더라. 웃겨 진짜. 지가 뭔데."

이기영? 고래의 고개가 이리 잠시 꺾인다. 도무지 이해가 가지 않는다는 표정이었다. 그럴 만도 하다. 이기영 그 쓰레기 새끼가 왜. 고래는 그렇게 나를 빤히 봤다. 나는 그를 앞에 두고 계속해서 말했다. 그러니까 상두 걔가 이기영이 자기 친구라는 거야. 그러고 또 바다한테 난리 피워. 이기영 건들면 뒤진다고. 근데 상두 걔는 왜 자꾸 바다한테 시비를 턴대? 고래 너는 뭐 아는 거 없어? 걔 옛날부터 봤잖어. 무슨 일이라도 있었어?

"……."

"……."

"민아."

"아, 미안. 고래라고 부르지 말까?"

"아니 그게 아니라…"

너 이거 나 말고 말한 애 있어? 아니, 없는데. 그럼, 그 냥 우리는 조용히 있자. 양아치는 양아치끼리 논다잖아. 김 바다 걔 양아치… 맞다니까 정말루. 어어 나도 상두 소문 듣긴 들었어. 또 사납기로 소문난 상고 대가리잖냐. 그래서 이름도 상두래 상두. 사람 죽였다는 말도 있어. 아니, 죽일 뻔했다고 했나. 내 말에 딱딱히 굳은 고래의 얼굴이 그대로 일그러진다.

"김바다 그런 애는 아니야."

"…알아. 왜 정색하고 그래"

"…미안. 걔 생각하면 그냥 화가 나서"

"알고 있었지만 너 바다 진짜 싫어하는구나?"

"뭐래, 너를 특별히 더 좋아하는 거야."

에라이. 미친놈. 나는 손을 휘휘 저으며 내 어깨에 팔을 둘러오는 고래를 한 번 밀쳤다. 그러니까 고래가 그제야 장난기 넘치는 모습으로 돌아와 웃었다. 진짜야. 누가 나 김 바다 싫어한다던데 완전 개소리죠. 야, 진짜라고. 특별히 너를 더 좋아해서 그렇게 느껴지는 거라니까. 나 친구 너밖에 없잖아. 그에 내가 물었다.

"바다는?"

"…걘 내 친구 아냐."

야 친구가 한 명이라는 게 말이 돼? 게다가 너 외동이라며. 내가 아무리 너의 베스트뿌렌드라도 그렇게 살면 안 외롭냐규~ 그러니까 고래는 그저 손으로 내 머리카락 흩트리더니 으유, 민아. 한마디 하곤 자기네 아파트 단지로 들어가 버렸다. 덕신아파트 라는 커다란 글자가 내 눈에 들어온다. 그리고 말랐지만 넓은 떡대를 가진 고래. 그래, 이게 내 세계의 고래. 외유내강의 최강자.

-

오늘은 금요일. 어제 애들이랑 투닥대고 뒷골 당기던 일도 있다 보니 피곤했던지 늦잠 잤다. 고래는 아침에 수영장 갔다가 한참 전에 학교 갔을 테고, 바다는… 가던 길에 만났다. 정신없이 뛰느라 고래가 사는 아파트 단지에서 나오는 김바다 못 알아보고 지나칠 뻔했다. 덕신아파트. 김바다 그리고 고래. 같은 동네 산다는 건 알았는데 같은 아파트인 줄은 몰랐다. 나는 걔네 바로 옆 동네에 사니까. 김바다는 나를 마주치고 반가운 듯 웃더니 굳이 긴 말 붙이지 않고 내 옆에서 발을 굴린다. 민아, 지금 몇 시야. 여덟 시 이십오 분! 가는데… 오 분 정도 걸리니까… 아 뭐해 동민! 더 빨리 뛰라고!

겨우 세이프다. 교문으로 우다다다 뛰어 들어오니 막 종이 친다. 금요일 1교시, 자율이라 그나마 다행이었다. 터덜터덜 학교 안으로 들어가려고 건물 한 바퀴 빙 돌았다. 우리 교실이 있는 곳은 구석진 곳이라 별관 계단 안 쓰면 학교 안에서 한참은 헤매야 한다. 그러다가 학주 만나면? 너네 지각했니 뭐했니에 이어 일찍 일찍 좀 다니라니까 하며 피곤해지는 거다. 그래서 돌아간다. 바다는 오늘도 아디다스 저지 걸치고 걸었다. 그렇게 익숙한 담벼락 지나면… 애들 웅성거리는 소리가 났다. 저 앞으로 익숙한 까만 뒤통수도 보인다. 아직까지 알 수 없는 상황을 향해 걸어가다 보면 최근에 장만한 갤럭시 에스 쓰리가 주머니에서 울렸다. 저장 명 마린보이. 고래다.

　-어디야.

　"나? 바다랑 방금 학교 왔는데? 근데 여기 왜 이렇게 애들이 모여있냐. 뭔 일 있어?"

　-어디라고?

　"너 뒤."

　고래의 뒤통수가 돌아가 그 뒤에 서 있던 우리를 쳐다본다. 고래는 나를 잠시 보다가 옆에 있는 바다를 쳐다봤다. 그리고는 다급하게 소리치는 거다. 민아, 쟤 잡아. 빨리 잡아. 여기 못 오게 해. 엉? 빨리. 나는 뜬금없는 고래의 말에 멀뚱히 바다를 쳐다봤다. 바다는 자리에 멈춰 서있었다. 까만 아디다스 저지. 거기에 달린 달랑거리는 권위 높은 명찰. 그런 김바다가 그대로 눈을 깜빡인다. 한 번, 두 번, 세 번…. 순간 앞, 몰려든 애들 사이에서 끔찍한 비명이 들려왔다. 이거… 고양이 아니야?!

　바다가 빠르게 앞으로 걸어 나갔다. 말릴 틈도 없이 김바다는 온통 바다의 짭으로, 아디다스 저지로 가득한 애들 사이를 헤집었다. 주위에 있던 김바다 따까리들이 그를 발견하고 말한다. 어 바다야, 왔냐. 언제 왔냐. 이거 봤냐. 어떤 미친놈이 저랬단다. 고양이 죽였단다. 시답잖은 얘기. 김바다라는 세계와 친해지기 위한 가식적인 말. 그 사이에서 들려왔다. 진실된 고래의 낮은 목소리가.

　"야, 너…"

　황급히 뒤따라간 나는 바닥에 떨어져 있는 어느 얼룩덜룩한 털 뭉치를 마주했다. 순간 숨이 막힌다. 고래야. 고래야… 고래야… 아니지? 아니잖아.

　"혹시 저거 나나야?"

　"……."

　아니지? 아니지? 그럴 리가 없잖아 고래야. 아무도 모르는데. 정말인데. 그랬어야 했는데…. 고래는 김바다를 불러 진정시킬 틈도 없이 나의 눈물을 닦아주어야만 했다. 모르겠다. 눈물이 났다. 일부로 이름도 나나라고 지었는데. 부모 없는 몸, 이제 더 아프지 말라고, 행복하게 살라고, 나나라고 지었는데. 고래야… 이게 말이나 되냐고… 이게 뭐냐고…. 우는 내 옆에서 바다가 말한다. 그 어느 때보다 진지한 모습으로. 분노에 턱을 바르르 떨면서 물었다. 누구야.

어떤 새끼야. 고래는 나를 토닥여주다가 바다를 쳐다보다 다급히 바다의 가슴팍을 뒤로 밀었다. 너, 너… 진짜. 아니다. 너 진짜 그건 아니라고. 알잖아.

고래의 말이 끝나기도 전에 김바다는 모두를 제치고 학교 안으로 성큼성큼 걸어갔다. 말만 걸어가는 거고 거의 뛰어갔다. 주먹이 다부졌다. 고래는 그런 바다를 목이 터져라 불러대다가 나와 함께 바다를 따라 들어가는 것을 택했다. 뛰어갔다. 여태 축축한 얼굴에 바람이 스쳐 좀 차가웠다. 그렇게 바다의 발자취를 따라 들어갔다. 개가 향한 곳은 우리 반 교실이었다. 문이 천둥처럼 쾅 소리를 내며 열렸다. 그리고 모든 시선이 모인 그 순간, 달려든다. 이기영, 너야? 하고.

-

내 세상. 바다와 고래가 현존하는 나의 세상. 그 세상에서 바다는 절대로 누군가를 때리지 않는다. 정말로 그렇다. 수식만 중앙고 짱 달았지 애들이 말하듯 누구 패고 때리고 하지 않았다. 사람 때리지 않는 바다는 당연히 힘이 세다. 그냥, 내 세상의 바다는 그렇다. 애들 말로는 진짜로 때렸다가 죽을까 봐. 그리고 나 또한 그렇다고 믿었다.

눈앞에서 김바다가 이기영을 팼다. 죽을 만큼. 아니, 딱 죽지 않을 만큼. 이것이 소문의 김바다. 그러다가 이기영이 소리쳤다. 어쩌라고 등신아. 니가 뭐라고. 니가 뭐라고 미친 놈이. 너 고아잖아. 김바다 너 고아라매. 나 다 들었어. 죽어. 죽어. 뒈져. 니가 뭔데 날 때려 엉? 불쌍한 고아 새끼가 뭔데 감히 날 때려.

귀가 먹먹했다. 웅웅댄다. 마치 고래가 있는 수영장에 놀러 간 것처럼. 깊은 바다에 푹 빠져버린 것처럼. 옆에서 고래가 달려가 김바다를 떼어내고 반은 아수라장이 되었다. 김바다의 까만 팔뚝이 발악하는 이기영의 손톱에 보기 싫게 긁혔다.

"야, 제발. 이 등신아. 왜 그러냐고. 너 다쳤잖아 지금. 야, 이기영, 너도 좀 그만해."

담임이 다급히 들어오며 내 어깨를 치고 지나갔지만 아랑곳하지 않았다. 눈물이 흐른다. 나는 내가 보는 것만 믿었다. 기영이가 바다에게 당하고 나서 바다 죽여버릴 거라 다짐했다는 것도 모른다. 이기영이 나나의 정체를 알고 있었다는 것도, 그렇게 나나를 끔살했다는 것도 몰랐다. 나는 아직까지도 내 눈에 보이는 것만 믿는다.

앞에서 바다가 소리 지른다. 입 닥쳐. 쓰레기 냄새나니까.

-

그렇게 처맞았는데도 이기영 눈깔은 또렷했다. 별로 안 아픈가 봐. 모두가 김바다를 부여잡고 말린 탓에 상황이 일단락됐다. 바다는 애들이 끌고 겨우 교실 밖으로 나갔다. 바다야, 왜 이러냐. 너 원래 이런 애 아니잖아. 진정해. 엉?

교실 안에는 이기영과 나, 고래만 남았다. 이기영은 여전히 정신 못 차린다. 피 터진 입술로 바다의 이름을 불러댔다. 그리고 그 이름 뒤에 붙는 말은 자꾸만 내 신경을 긁어댄다.

"…너 죽여버릴 거야. 고아 주제에… 애들이 가만 안 둘 거야."

기영아, 네가 뭔데 그 이름을 입에 올려. 니가 뭔데 내 친구 바다를 불러. 너 같은 하수는 절대 제대로 못 불러. 바다의 원래 이름, 완전히 흔해 빠져서 우리 반에 바다 말고 두 명이나 더 있는 그 이름 석 자도 제대로 못 불러. 사실 네 꼴에 아디다스 저지도 바다 보고 따라 산 거잖아. 너도 바다의 무수한 짭 중의 하나일 뿐이야. 근데 니가 뭔데? 니가 뭔데 바다를 건드려. 그런데도 이기영은 끝까지 고아라며 미친놈처럼 중얼댔다.

"너, 그거 어디서 들었어."

속으로 저주 퍼붓고 있자 고래가 갑작스레 이기영에게 다가가 멱살 잡고 물었다. 기영이의 등이 사물함에 부딪히며 우당탕 소리가 났다. 그 와중 살벌한 고래의 눈이 이기영을 향한다. 어디서 들었냐고. 대답해. 기영이 고개를 젓는다. 고래가 다시 한번 얼굴을 들이대며 눈을 부라린다. 이름,

대라고. 그러니까 꿈틀대던 이기영이 바람 빠지는 소리로 대답했다.

"이휘순."

걔가 말해줬어.

-

휘순이가 누군데. 걔가 누군데. 물으면 나는 입을 딱 벌릴 수밖에 없다. 나한테 롤 가르쳐준 친구다. 한숨 내쉬면서도 민아, 많이 연습하면 잘 될 거야. 하던 애. 나는 다시 되짚었다. 휘순이가? 왜? 김바다를? 그것도 그런 게 전부터 이상했다. 저번에 좋지 않게 첫만남을 가졌던 상두의 입에서도 나왔던 이름이었다. 그러니까 휘순이가? 왜? 상두 그 놈이랑?

고래는 꼬치꼬치 캐물었다. 휘순이니 뭐니 모르겠고, 걔가 뭐 하는 애며, 어느 학교며, 어느 반이며, 어떻게 생겨먹은 애냐고. 나는 대답해줬다. 그냥 착한 애. 인문계이자 옆 학교인 휘순고. 1반. 잘생긴 애. 휘순은 웅장한 절벽 하나를 깎아서 조각한 것 같은 얼굴이다. 투박하면서도 정교하고 알 수 없이 깨끗하다. 나는 그런 휘순을 학원에서 처음 만났다. 공부 엔간히 한다고 했다. 엄마가 워낙에 극성이라. 근데 휘순은 그런 얘기도 털어놨다. 이혼가정이라고, 이혼하고 엄마랑만 산다고. 그래서 더 나한테 집착한다며.

그렇게 걔는 내 주위에서 단 한 명, 인문계 고등학교에 진학한 애가 됐다. 그게 내가 걔를 걔가 다니는 학교 이름을 따 휘순으로 부르는 이유이기도 했다. 유일하니까. 그런데 다른 애들도 그렇게 불러대나 보다. 그게 상두 무리라는 건 원작자로서 기분이 썩 좋진 못하지만.

휘순이가 바다에 대해 아는 이유? 나도 모른다. 다만, 휘순이가 이제껏 내가 알던 휘순이가 아니라는 것만은 알겠다. 고래는 이기영한테 어디서 어쭙잖은 개소리 듣고 와서 또 지껄이면 다음은 없다며 살벌하게 경고하고는 바로 학교 마치고 휘순을 찾아갔다. 연락망은 나였다.

[휘순아, 잠깐 시간 되겠냐.]

휘순은 당연하다는 말과 함께 단박에 학원 앞에서 기다리고 있었다. 나를 보며 웃다가 내 옆에서 매서운 얼굴 하고 있는 고래 보고 굳었다. 아는 얼굴인가, 고래가 좀 잘생긴 걸로 유명하긴 하다. 또 우리나라 수영 유망주이기도 하고.

오늘은 혼자 아니네 민이. 휘순의 말에 고래는 다짜고짜 묻는다. 김바다랑 어떻게 아는 사이냐며 너 뭔데. 너 대체 뭐냐고.

"…네가 바다 동생이야?"

그러니까 휘순이 말했다. 나는 이 어리둥절한 상황에서

둘을 번갈아 보았다. 바다 동생은 또 뭔 말이람. 이게 뭐냐고 누가 설명 좀. 혼란스러운 머릿속. 그리고 이어 들려오는 낮은 휘순의 목소리. 너 맞구나. 네가 고래구나.

\-

휘순은 일단 들어가서 얘기하자고 했다. 마땅히 갈 데 없어서 매일 가던 피시방 들어갔다. 그때까지 고래는 휘순의 뒤통수만 뚫어져라 노려본다. 그리고 자리를 잡자마자 말하는 거다. 말 좀 해. 시간 없으니까. 휘순은 그에 살며시 웃으며 마우스를 잡더니 답했다. 뭐가 궁금한데? 니가 왜 걔에 대해서 아는지. 그게 제일 궁금한데.

"나는 바다 친구."

"……"

"진짜 그게 끝."

그러니까 고래가 머리 헝클이며 말했다. 너 이기영 알지. 걔가 그러더라. 너한테 걔 얘기 들었다고. 그러고 나서 개소리 열심히 지껄이던데 그러고도 니가 김바다 친구냐? 그러니까 컴으로 롤 하던 휘순의 손가락이 멈춘다. 이기영이 그랬어?

"아, 진짜."

곤란하다는 듯 휘순이 인상을 작게 찌푸린다. 불편하다는 거다. 그에 고래가 덧붙였다. 너 대체 뭐라고 입 털었냐니까. 진짜 빡치기 전에 대답해.

"…고래야, 기영이 같은 애들 특징이 뭔 줄 알아?"

"……."

"패라는 걸 몰라. 약점 하나 잡으면 바로 써먹는단 말이야. 지가 누구한테는 황금패인 줄은 모르고."

"……."

"말해두고 싶은 건, 그거 내가 흘린 말 아니야. 같이 다니던 놈들이긴 한데, 거기서 내 이름 대라고 시켰나 봐. 별로 좋게 끝난 사이는 아니라서. 여튼 난리 아니었지. 이기영 못 막은 건 진짜 미안. 나도 바다 좋아해. 착하잖어."

고래가 답답하다는 듯 한숨을 푹 내쉬었다. 그러자 휘순의 주머니에서 시끄럽게 울리는 휘순의 벨소리. 그 위에 전화번호가 뜬다. 익숙했다. 바다의 핸드폰에서 봤던 번호. 하도 간단해서 기억한다. 바다야, 왜 이리 전화를 안 받아. 하던 목소리도. 휘순은 그 전화를 받았다. 그때와 같은 목소리가 들려왔다.

-김바다 조질 때가 왔다 휘순아. 우리 지금 개네 학교 앞인데… 아, 애들 겁나 많네. 엉? 빨랑 튀어와. 또 맞기 싫으면.

그러니까 휘순이 차가운 얼굴로 우리 쪽을 쳐다보며 그 말에 대답한다. 재밌냐. 작작해. 그러니까 다시 들려왔다. 야 휘순아, 너는 왜 이렇게 진지해. 개기냐? 너 내 밑에서

빌빌 길 때는 언제고 이제는 사람을 완전히 나쁜 새끼로,

"나쁜 새끼 맞잖아 너네."

-뭐?

"하기 싫다는 애 끌고 가서 사람 패게 한 게 누군데."

-야, 뒤질래?

"그만하고 싶다고, 안 하고 싶다고 해도 끝까지 협박한 게 누군데."

이게 무슨 말일까. 고래는 휘순을 쳐다보면서 흔들리는 눈동자를 숨기지 못했다. 그러니까 번뜩 스쳐 지나갔다. 김바다의 말. 기영아, 내가 너처럼 살아봤는데. 겁나 재미없어. 관둬. 그딴 짓. 돌아보자 옆에서 고래는 답이 없다. 다만 싸늘하게 군은 얼굴이 불안함을 동반했다.

"나 너네랑 같은 사람 취급하지 마. 기분 더러우니까."

휘순은 통화를 끝내고 곧바로 물어온다. 바다 무슨 짓 했어. 뭔 일 있었어? 그러니까 내가 대신 답했다. 이기영 팼어. 맞을 짓 했거든. 왜, 무슨 일인데. 하지만 휘순은 한숨만 내쉬고 대답하지 않았다. 대신 외람된 질문을 한다.

"걔 지금 혼자 있어?"

"응, 근데 왜?"

가. 너네 빨리 가. 걔네가 김바다 죽이러 갔대. 그에 고래가 겨우 되묻는다. 걔네가 뭔데… 김바다를 죽여. 그러니까 휘순이 짜증 난다는 얼굴로 말한다.

"이기영 친구들. 아니, 원래 친구 아닌데, 일단 지금은 친구야. 말하자면 좀 길어. 빨리 가. 아니, 나도 같이 갈게."

시간 한참이나 남겨놓고 피시방을 뛰쳐나와 택시를 잡았다. 아직까지 복잡한 이 상황이 적응되지 않았으나 바다가 뭔가 어떠한 일에 휘말린 건 분명하다. 휘순이 말한다. 중앙고등학교요. 택시가 도로를 달리는 동안 고래는 불안한 듯 창밖을 응시했다. 분주한 학원가. 그러다가 번화가. 노래방. 술집. 그 앞으로는 무슨 깡인지 교복에 대놓고 담배 연기 피워내는 불량서클… 만감이 교차하는 듯 입술을 꽉 깨물었다. 그러다가 고래가 입을 연다. 아저씨, 빨리요. 빨리 가주세요.

-

학교 앞에 도착해서, 나는 영문 모르고 뛰었다. 김바다, 바다 어디 있는데 김바다. 이제 막 하교하는 듯한 애들이 수두룩했다. 그 사이를 헤치고 달려갔다. 바다한테. 애들을 스쳐 지나가면서 들었다.

"우리 옆 학교 있잖아, 상고 애들 아까까지 여기 앞에 있더라. 왜지."

왜지. 그러니까. 진짜. 왜지. 머릿속이 채 정리되기도 전에 앞서가던 고래가 멈춰 섰다. 휘순도 멈춰 섰다. 가장 마지막에서 뒤따라가던 나는 가장 늦게 멈춰서 고개를 들었다. 눈앞으로 바다가 날아간다. 누군가의 발길질 한 번에. 빨간 담벼락에 쿵 하고 부딪친 김바다가 그대로 주르륵 미끄러졌다. 그리고 밟힌다. 무차별적으로. 바다야. 왜 그랬어. 왜 내 친구 기영이 건드려서 너 때리게 만들어. 내가 경고했잖아. 옆에서 휘순이 까드득 이를 갈았다. 미친놈들이. 그토록 김바다를 우상으로 삼고 스스로 김바다 짭이 되기를 일삼던 애들은 모두 가만히 서서 손 놓고 구경이나 하고 있었다. 그 사이, 고래가 다급히 달려갔다. 그 사이에서 나는 정말로 정신이 나가버릴 것만 같았다. 바다가 맞고 있다. 빨간 상고 조끼를 입은 애들한테.

"가려! 가려! 보지 말라고!"

고래의 외침에 나는 움직이지 않는 다리를 겨우 옮겨 뒤를 돌아봤다. 김바다 짭1, 짭2, 짭3…. 도무지가 이렇게나 개방된 공간에, 뭘 어떻게 해야 할지도 몰라서 그렇게 다시 돌아보니 고래가 상고 애들 팔 잡고 뒤로 잡아끌고 있었다. 그럼에도 김바다는 밟힌다. 축 늘어진 모양새가 내 세상을 파괴한다. 붕괴한다. 자꾸만 상두의 목소리가 머릿속에서 맴돌다 그대로 귀를 때린다.

「기영이? 내 친구지. 내 친구 맞고 오면 어떻게 되는지
    알지. 너 뒤져 바다야.」

너 뒤져 바다야. 너 뒤져 바다야. 너 뒤진다고 바다야. 아, 이제야. 이제서야. 상고 그놈들 무서운 애들이라고. 사

람 이용하는 거 잘한다고. 그게 무슨 말인지 알겠다. 이기영 패로 세우고 철저히 이용한 거다. 친구? 웃기고 있네. 애초에 김바다 잡으려고 벌인 짓이잖아. 이기영이 김바다 도발하게 한 거다. 일부로. 그렇게 김바다가 빡쳐서 이기영 반 죽여놓으면, 그대로 자기 친구인 이기영을 때렸다는 핑계로 바다를 치려고. 아 이렇게나 비겁할 수가.

내가 김바다에게 달려가기도 전에 휘순이 나를 쳐다봤다. 민아, 나 양아치 아닌 거 알지. 사람 안 때려. 그러면서 그대로 다가가 상고 애들을 거칠게 밀어냈다. 그만하라고. 작작 하라고. 못 알아들어? 사람 죽일 거야? 쓰러진 바다는 숨을 쉬지 않았다. 나의 세상의 바다가 죽었다. 중앙고 짱, 김바다. 힘센, 아니 세야만 하는 김바다. 얼마 전 상고랑 맞짱 떠서 이겼다는 김바다. 없어졌다. 다만 남겨진 건, 진짜 바다. 그 자체.

사람 때리지 않는 바다는 당연히 힘이 세다. 그냥, 내 세상의 김바다는 그렇다. 그렇다고 믿었다. 그런데, 그런데, 옆 학교 상고 애들한테 밟힌다. 아득하다. 세상이 멀어진다. 저 멀리. 나는 내가 볼 수 있는 것만 믿었다. 그건 저주다. 비극이다.

-

사태가 진정된 건 삼십 분이 더 지나고 나서였다. 상두는 눈깔이 완전히 돌아서 바다를 피떡으로 만들어놨다. 옆 반 담임 몇 명이 더 뛰어나와 그 미친놈들을 끌어낸 뒤에야 김바다는 숨을 쉴 수 있었다. 나는 그때까지 가만히 서 있었다. 그 사이 바다는 바로 병원으로 실려 갔다. 그때까지도 나는 아무 말도, 행동도 하지 못했다. 나중에서야, 학교도 좀 안정을 되찾고 나서야 고래가 말을 걸어와서 겨우내 나는 움직일 수 있었다.

현실은 잔인하다. 정말로. 고래는 여태 불안해하는 나에게 그랬다. 자기는 곧 훈련 가 봐야 한다고 말이다. 아 고래야, 이 상황에서도 너는. 고래는 내 어깨를 꼭 잡고 미안하다고 했다. 고래의 손도 떨려왔다. 바다가 맞았는데, 그게 어떻게 아무런 일도 아니겠어. 그래, 네가 뭐가 미안해. 내가 더 미안하지. 나는 바다가 마냥 쌈질 잘하는 줄 알았어. 그래서 못 말렸어. 아니 안 말렸어. 근데 너는 말렸잖아. 알고 있었던 거지. 김바다, 그런 애였던 거. 사람 잘 못 패잖아. 애가 워낙 착해서, 그런 거잖아. 고래가 내 말에 다급히 제 얼굴을 들이댄다. 그리고 속삭였다.

"민아, 그런 말 하면 안 돼. 김바다 짱이잖아. 중앙고 짱이잖아. 그러면 안 돼. 무너지면 안 돼. 김바다는, 여기서만큼은 김바다여야만 해."

그러나 현실은 잔인했다. 바다에 대한 의심은 새까맣게 퍼진다. 김바다, 일부로 맞아준 거겠지? 설마, 저번에도 상고랑 맞다이까서 이겼다며. 누가 그러는데. 몰라, 애들이 다들 그러던데. 그럼 그냥 소문 아닌가? 오늘 저렇게나 발렸는데? 헐, 그럼 이기영 말대로 걔 진짜 고아 아냐? 그런데 왜 맞은 거래. 이기영 건드려서. 이기영이 뭔데. 그렇게나 빽 쩌는 애였어? 제일 무서운 애네. 우리가 무서워해야 할 건 김바다가 아니라 이기영이었네.

각자의 세상이 있다. 나는 나만의 세상이 있듯, 다른 애들도 다 저마다의 세상이 있다. 그 모오든 세상에서 김바다는 짱이다. 정말로, 짱이다. 우상이다. 그런 우상이 무너진다면? 왕이 무너진다면? 법이 무너진다면?

무질서가 도래했다. 아득하다.

-

의심은 증폭됐다. 김바다 사태 때문에 야자가 없어져 혼자 집으로 향하던 길에서도 애들은 서로 붙어서 얘기한다. 꼴에는 김바다 따라 아디다스 저지 걸치고. 야, 이기영이 저번에 그랬잖아. 김바다 고아라고. 근데 레알 찐 아니냐. 아까 교무실 들어가는 김바다 부모님 봤는데 진심 하나도 안 닮았어. 오히려 고래랑 똑같이 생겼어. 뭐지. 진짠가. 근데 왜 말 안 했지. 왜 숨겼지. 왜 거짓말 했지. 좀 짜증 나네. 그동안 고아에 쌈질도 제대로 못 하는 애 하나 뭐가 무서워서 그렇게 발발 떨었나 싶기도 하고.

그 말에, 나는 좀 마음이 불편해져서. 집에 가지 않고 고래에게로 갔다. 체육관이 바로 이 근처였다. 습한 공기를 마주했다. 찰방거리는 물소리가 들려왔다. 그렇게 수영장 안으로 들어갔다. 고래는 보이지 않다가 물속에서 튀어 올랐다. 숨을 내쉬는 소리만이 들려왔다. 워낙에 뛰어난 애라, 저녁엔 이 넓은 수영장 혼자 연습할 수 있게 해준다. 그래서 몇 번 고래 따라 여기 들어온 적도 많았다.

양말을 벗어서 주머니에 넣었다. 축축한 바닥을 맨발로 짚었다. 그대로 고래에게 다가간다. 고래는 여태까지 나를 발견하지 못하다가 방향을 틀었을 때에야 나를 보고 느릿하게 다가왔다. 배수구로 물 빠지는 소리가 수영장에 꼬르륵 울려 퍼진다. 그사이 수많은 저항을 뚫고 들려오는 고래.

"무슨 일이야."

나는 아무 말 하지 않고 찰방이는 물 앞에 무릎을 쭈그리고 앉았다. 고래가 다가와 나를 빤히 보았다. 젖어있는 머리와 몸. 어느 하나 빠지지 않는 내 세계의 고래다. 그, 바다 있잖아. 내 목소리가 수영장 전체를 울렸다. 그에 고래는 잠시 숨을 고르다가 낮게 답했다. 응.

"걔는, 어떤 애야."

"……."

"걔는, 누구야."

너네가 그랬잖아. 나는 생각이 많지 않아서 좋다구. 근데 나는 그런 거 이제 싫어. 뭐가 뭔지 진짜 정말로 알고 싶어. 단면적인 모습의 너네? 나 필요 없어. 진정한 너네. 그거면 돼. 그러니까 말해주라. 나 너네 친구잖아. 알고 싶어. 많이 생각하고 싶어. 그러고 싶어. 그러니까 고래야.

"바다는, 누구야."

고래의 숨소리가 귓가에 들려왔다. 나는 아무 말 하지 않고 잠자코 기다렸다. 그러니까 울린다. 고래의 목소리가.

"민아, 걔는."

"……."

"내 형."

"……."

"그거야. 그런 거거든."

느릿하게 고개를 들어 고래와 시선을 맞춘다. 고래는 잠시 얼굴의 물기를 닦더니 내 옆에 올라와 앉았다. 온몸에서 물이 뚝뚝 떨어져 내 옷을 적셔왔지만 괜찮았다. 고래니까. 내 친구라서.

고래가 잠시 고민하는 듯 고개를 떨구다가 말한다. 뭍보다 물이 익숙했거든 나는. 어릴 때부터 해마다 봉사 가던 발리에는 당연히 바다가 있는데, 나 살던 서울에서 바다를 찾기란 인천 쪽으로 조금만 나간다면 딱히 어렵지 않은 일이었고 심지어 공항 가는 길에서도 마주칠 수 있던 거지만 발리의 해변은 오로지 몸을 담그기 위한 곳이었다고. 인천의 바다는 꺼멓고 칙칙한 기름때가 껴 있다는 것은 모두가 아는 사실이니까 그래서 발리는, 내가 마주한 발리는 어느 아이들에게 수영과 보드를 가르치면서 내 유년의 꿈을 간직하기에 딱 좋은 장소였어.

내 꿈, 사실 수영선수 아니었어. 고래. 그거였어. 초등학교 학년 좀 올라가고서는 학업에 집중하느라 예전보다 자주 가지는 못했는데, 시간 될 때는 꼭 엄마 아빠 따라갔어. 그곳 파랗고 투명한 초록빛 바다에 몸을 담그고 발장구를 치면 튀기는 물이 좋아서, 앞에서 능숙하게 수영하는 아빠와 엄마도 좋아서, 그렇게 닿는 차가운 느낌이 좋아서, 그대로 흘러내려 적시는 촉감이 좋아서. 그렇게 발리를 떠올리며 남들 다 거창한 꿈 적어낸다는 장래 희망에 고래. 라는 단어 하나 적어내면 담임쌤은 나를 올려다보며 말하는 거야. 음, 고래 말고는 없을까? 나는 완전한 사고 형태를 갖춘 나를 가지기 전부터 그 질문의 의도를 알아챘거든. 고래는 사람이 아니잖아. 고래는 실제로 될 수가 없잖아. 그러면 나는 속으로 툭툭 내뱉었어. 쌤, 그럼 공주는요. 여자애들도 공주 되고 싶다고 내잖아요. 저도 그러니까 고래 하면 안 돼요?

근데 그것도 다 옛날얘기지. 현실은 각박했고 사회는 현실적인 것을 추구하기를 떠밀었으니까. 발리에 가지 못한 지 2년째 되던 해에 나는 5학년이 됐어. 이제는 고학년으로 불릴 시기에도 나는 고래를 꿈꿨고 그게 학교에서 박살이 난거지. 얘, 최선이었니? 적을 게 없으면 회사원이라도 적든가 이게 뭐니. 그래, 현실은 각박하니까. 저는 고래가 되고 싶어요! 와 같이 몽롱한 장래 희망 따위 사회는 귀담아들을 필요가 없었으니까. 그래서 나는 그랬어. 고래가 되고 싶다는 꿈은 잠시 미루고 적었어. 수영선수라고.

나는 사실 수영도 제대로 배워본 적이 없는데, 겨우 발리의 뜨거운 태양에 의지해 반짝이는 물살 타고 유영한 것밖에 없었는데. 고래 대신 수영선수랬다. 그때부터 수영 시작한 거야. 온몸에 발리의 짠 소금내 대신 락스 냄새가 진동한 거야.

그렇게 자란 나는 좀 짜증 나는 타입이잖아. 사회성 제로에 까탈스럽긴 완전 장난 아니고 까놓고 말해 재수 없는 놈. 근데 그 사실을 내 앞에서 너 재수 없어. 라고 말하는 애들은 내 인생 살며 죽어도 없었어. 아마 내가 워낙 골치 아픈 애라 부딪히기 싫었겠지. 그러니까, 걔를 만나기 전까지는. 너랑 나랑은 고등학교 와서 만났지만 걔랑은 초등학교 6학년 때 만났거든.

수영선수로 활동하면서도 그때까지 고래에 대한 동경은 여전했어. 커다란 바다, 나의 세계. 고래, 나. 나는 내 생각보다 더 광활한 세상을 원했고 또 갈망했으니까. 겨우 세 평 남짓 되는 내 방에서, 내가 사는 집에서 살아가기에는 너무나도 좋았으니까. 그래서 나는 일부로 거실에서 자기도 했어. 넓은 곳에서 자면 밤새 키가 좀 클까 싶어서. 그렇게 잰 키가 160을 넘어가고 있을 때쯤에,

"김바다가 내 인생에 등장했어."

솔직히 나는, 눈칫밥 좀 먹고 살아서. 워낙에 나에게만 엄격한 부모님이셨고 겉으로는 베푸는 것이 행복이라 말하는 아버지의 가정 아래서 삶의 순간 단 한 번도 허투루 행동해본 적이 없어서. 허리는 곧게, 발음은 정확히, 식사는 조용히. 그런 내 앞에 김바다가 나타난 거야. 이사를 하도 많이 다녔다고, 이번이 세 번째 전학이라고. 김바다는 짧다면 짧은 자신의 십 삼 년간의 인생을 단 하루, 밥 먹는 시간에 모두 내게 들려줬어. 구부정한 자세로, 입은 밥 먹으랴 말하랴 마구잡이로 웅얼거리면서.

「너 발리 가 봤어?」

「…어.」

「허얼 완전 대박 부럽다…. 나도 발리 놀러 가고 싶거든. 우리 엄마 아빠만 일 때문에 가끔 가고 나는 한 번도 안 가봤어.」

「…….」

「발리 어때? 진짜 너무 좋지 않아? 나도 여행 가고 싶다….」

「야. 근데,」

「엉.」

「안 물어봤는데.」

「엉?」

「아무것도 안 물어봤다고. 너한테.」

「…너 평소에 재수 없다는 말 많이 듣지.」

「아니?」

「…재수탱이.」

허리는 곧게, 발음은 정확히, 식사는 조용히. 나의 철학, 아니 정확히 내가 살아온 십 삼 년의 세상을 깨부수는 애였어. 또 개가 키가 컸거든. 좀, 커서. 얼마나 넓은 곳에서 살다 왔길래 나보다 족히 오 센티는 더 커 보여서. 처음에는 경계한 건 사실이야. 축구하느라 까맣게 탄 피부, 그럼에도 햇살 같은 미소. 약간은 껄렁한 자세와 표정. 그 어느 하나 나랑 닮은 점이 없는데. 그래서 나보다 커다란가 하고.

나는 그런 걔를 좀 신기하게 생각했어. 갠 그랬으니까. 나 말고도 친구는 수도 없이 많았고 지금처럼 매일 점심시간마다 열리는 축구 경기에는 개가 없으면 돌아가지 않았거든. 같은 이름이 무수히 많은데 모두가 그 이름을 떠올리면 걔를 생각했거든. 바다. 그래, 김바다. 개랑 처음 만났을 때에도 자기는 바다라고 불러달라고 했는데.

그런 김바다의 세계는 넓었어. 정말로 넓었어. 그렇다고 생각했어. 벌써 이번이 세 번째 전학이랬잖아. 이렇게 커다란 세계가 걔 뒤에는 여기를 제외하고도 두 개가 더 있다는 거야.

걔는 그런 애였더라. 너무 큰 세상에 살아서, 겨우 작은 집에서 꿈만 꾸는 나는 다가가기도, 그렇다고 멀어지기도 힘든 애. 그런데 걘 그랬다. 굳이 내 세상을 넓혀. 고래야! 하고 다가오면 나는 축구 싫다고 인상을 찌푸려도 못 이기는 척해 줘. 그러면, 그렇게 땀내 진동하는 남자애들 사이에서 뛰다 보면, 세상이 넓어진 기분이라서. 김바다의 세상이 보여서. 여자애들이 깐족대는 걔의 등짝을 퍽퍽 때리다가도 얼굴 벌게지는 걸 난 알아서. 그래서 그게 좀 웃겨서. 그래, 이름처럼 바다의 세상은 넓어 보였어. 1년이 지나고 바다와 함께 나는 자라났지. 그러니까 그 말인즉슨, 여전히 나는 걔보다 작았다는 거야.

바다는 말이 많은 편이야. 너도 알지. 자기는 집에 가면 이렇게나 못 떠든다고. 엄마 아빠 직업 특성상 잘 못 봐서 그렇다고. 맨날 방학마다 부모님 출장 가셔서 우리 집 오더니 알고 보니 두 분 다 군인이래. 그러니까, 남자애들이 한창 장래 희망으로 적어내던 직업 군인. 나는 그제야 고개를 끄덕였거든. 시간이 없을 만도 하잖아. 군인이 얼마나 바쁘냐. 그런데 나는 끝까지 몰랐어. 바다 부모님의 직업, 그 직업의 특성. 담임들이 장래 희망을 직업 군인이라 써낸 남자애들에게 내뱉던 말. 너 이거 엄청 위험한 직업인 건 알지?

그래, 위험하지. 목숨 내다 걸어야 할 정도로.

바다네 부모님은 정확히 중학교 2학년 여름방학 때 바다에서 돌아가셨어. 하필이면, 그게 발리였다고 하더라. 나의 꿈과 유년기가 쓸려왔다 다시 몰려가는 곳. 그게 모두 이리저리 엉켜있는 곳. 발리 바다에서, 차갑지만 뜨거운 발리의 바다에서, 작전 수행 중이던 군부대 잠수함이 그대로 가라앉았다고. 안에 있던 군인만 50명이 죽었다고. 그곳에 하필이면 바다네 부모님이 있었다고. 이게 바다의 첫 번째 불행이었어.

걘 울지도 않더라. 가만히, 정말 가만히 국화꽃 앞에 앉아있었어. 시체도 제대로 못 찾아 텅 비어버린 관 앞에서. 그때 나, 바다한테 처음으로 먼저 다가갔거든. 다가가서 안아줬다. 걔도 안 우는데 내가 왜 눈물이 났는지 몰라. 함께 갔던 엄마와 아빠도 눈물 삼키면서 어깨 두드려주고. 김바다는 아마 처음 마주친 우리 엄마와 아빠를 번갈아 보더니 나를 벌겋게 눈물 고인 눈으로 빤히 봤는데 나는 그게 아직까지도 무슨 의미인지 몰라. 그냥, 나를 좀 달래 달라는 눈빛 같아서. 다시 꼭 안아줬어. 괜찮아. 정말 괜찮아. 울음 섞인 목소리로 시답잖은 말까지 건네고. 그러니까 바다가 막 울었어. 엉엉 울어버렸어 그렇게.

나는 맨날 그랬거든. 바다한테 항상 발리 같이 놀러 가자고 그랬거든. 근데 이제는 안 해. 아니, 못 해. 바다는 없어. 낭만은 없어. 내 유일한 낭만이던 발리를 그렇게 망쳤어. 다시는 발리 안 갈 거라고. 발리가 너무 싫어지더라고.

"나를 품으면 뭐 해. 막상 걔는 울지도 않는데도, 그 바닷물에 다 젖어있는데."

그래서 나 혼자 다짐했어. 다시 서로의 바다가 좋아지면, 꼭 발리를 가겠다고. 그러다 보니 정말 걔가 고아가 된 거야. 순식간에 부모님 두 분 다 사라진 거야. 할머니고 뭐고 다 양육권 거부당했대. 애초에 바다 부모님께서 집안에서 반대하는 결혼을 한 탓에 눈 밖에 난 상태였다고 하더라고. 그렇게 돼버리니까 엄마가 나한테 묻는 거야. 혹시, 바다랑 같이 살게 되면 어떨 것 같냐고. 그게 무슨 뜻인지 나 잘 알거든. 입양 뭐 그런 건가 싶었어. 근데 그건 또 아니래. 그냥, 바다가 성인 될 때까지만 우리가 책임지게 되는 거라고. 보호자, 부모 역할만 하는 거라고. 엄마 아빠 잘 알지 않냐고. 이런 일 많이 해왔고, 익숙하니까 잘 해낼 수 있을 것 같다고. 그래서 나, 처음에는 싫다고 하다가 결국 알겠다고 했어. 그러면 걔의 그 넓디넓은 세상에 나도 함께할 수 있을 것 같아서. 그래서 같이 살게 된 거야. 이미 전에 형 동생도 정해놨었거든. 생일로 정한 게 아니라 내기로. 걔가 형, 나는 동생. 내가 내기에서 져서 동생 됐어. 내가 그렇게나 동생은 싫다고 했는데 그 뒤로도 계속 졌어.

그렇게 바다가 우리 집으로 들어왔어. 내 세 평 남짓한 방이 두 개로 나뉘었어. 중간에 가벽 설치하고 좀 좁아진 방에서도 진짜 재밌었어. 밤에 그 가벽 통통 두드리면서 대화까지 나눴거든. 근데 참, 그렇더라.

바다, 지금 양아치 아닌 거 맞아. 백번 맞아. 부모님 돌아가시고 중학교 3학년 때는 진짜로 사람 패고 다녔어. 되바라진 애들 모아둔 어디 무리 들어가서 애들 막 때리고, 돈 뺏고 그랬어 바다가. 그래서 우리 엄마 아빠가 몇 번이나 가서 사과하고 다녔어. 무릎을 막 꿇더라. 근데 나는, 바다가 그러는 게 마냥 슬퍼 보여서. 그렇게 부러지고 상처 달고 오는 게 싫어서. 내가 더 잘해줘야겠다 싶었지. 그래서 나는 그랬어. 나는 너랑 같이 있어서 너무 좋다고. 나는 너랑 같이 살아서 좋다고. 그러니까 얘도 정신 차렸는지 갑자기 공부를 하는 거야.

가끔씩 바다 폰으로 문자 와. 전화도 와. 그때 같이 다니며 애들 때리던 무리가 걔를 막 찾아. 그러면 바다는 그냥 무시하고 공부해. 그렇게 걔, 미친놈인가 봐. 고1 때 전교 10등 찍더라고. 다른 반이었어도 너도 알지. 바다 컨닝 의심까지 받았던 날. 나는 그거 때문에 빡치는데, 또 집에서는 축하 파티 열렸어. 막 케이크도 사 와서 먹고, 노래도 부르고, 웃고, 떠들고. 그러더니 엄마가 나한테 넌지시 와서 하는 말이, 바다가 이제서야 진짜 우리 가족이 된 것 같대. 아니, 된 거래. 엄마는 참 기뻐. 너도 기쁘지? 근데 그 말이, 나는 솔직히 너무 짜증 나서.

　나 바다 진짜 좋아했거든. 동경했거든. 넓디넓은 걔의 세상 진짜 부러워했거든. 그냥 다 좋았거든. 그런데 걔 사실 진짜 말랐어. 누구는 걔 헬스 한다고 그러던데 진짜 근육 하나도 없어. 까맣게 말랐어. 싸움질도 잘 못 해. 못하는 거 가지고, 맞아도 아프지 않은 거 가지고 애들 패고 다닌 거야. 그것도 애가 워낙 착해서 제대로 패지도 못했대. 나는 진짜 몰랐거든. 오늘 이휘순 걔가 말 안 했으면 상두 그 미친 또라이 같은 새끼들한테 끌려다니면서 억지로 미친 짓 했었다는 것도 몰랐거든. 왜 그만둔 뒤에도 전화가 계속해서 오는지도 몰랐거든.

　바다의 세상은 사실 좁아. 협소해. 걔 세상에는 부모님밖에 없었어. 넌 김바다 걔가 다 웃어주고 다니는 줄 알지. 아니야. 걘 자기만의 선이 있어. 그 선 안으로 아무도 안 들여. 진정한 바다는 눈에 안 보여. 오직 집에서만 보여. 김바다는 그러거든. 아닌 척하면서 밤새거든. 아닌 척하면서 미친 듯이 교과서 다 외우거든. 그래서 1등급 받거든. 그게 가벽 너머로 다 들려. 그런데 컨닝이래. 애가 그 개고생을 했는데. 그러니까 내가 그렇게나 빡쳤던 거야. 오늘도 그래. 애들이 막 욕하지? 한 번도 걔에 대해 물어본 적 없으면서. 막상 걔는 한 번도 자신에 대해 숨긴 적도 없는데, 거짓말 친 적도 없는데 멋대로 상상하고 멋대로 판단하고.

그래도 있잖아. 나는, 지키려고 별 난리를 다 떨었어. 꼴 사납게. 맨날 이상한 개소리로 난무하는 소문이 지금 김바다를 만든 건 맞는 말이잖아. 지켜주고 싶었어. 김바다의 좁은 세상을. 정말 조금이라도. 걔는, 내 형이잖아.

그러면서도 그런 걔가 너무 좋아서. 나랑은 너무 다른 걔가 좋아서. 이 집 밖의 김바다도, 집 안의 김바다도 너무 닮고 싶어서. 항상 서로 안 맞아서 욕 내뱉으면서도 알거든. 내가 가장 영향 많이 받은 것도 바다라는 거 다 알거든. 그러니까, 이제서야 가족 같다는 말이 진짜 너무 열 받아서.

솔직히 처음 볼 때부터 그랬나 봐. 같이 있고 싶었어. 김바다의 세상? 그래서 들여다보고 싶었던 거야. 김바다가 좋았던 거야. 근데 그런 걔가 하필 그날, 나처럼 대해져서 싫더라. 너는 김바다인데, 왜 나처럼 살려고 하냐고. 네 자유는 어디로 가버렸느냐고. 본래의 너는 대체 어디 있느냐고. 그리고 이게 김바다의 두 번째 불행.

그때부터 고래라는 내 별명이 싫었어. 바다가 날 그렇게 부르면 전국 소년 체전이든 금메달이든 뭐든 할 수 있을 것 같았는데, 내가 고래라면 김바다를 불행하게 만드는 나와 계속 함께여야 할 것 같았으니까.

고래가 쌕쌕 숨을 내쉰다. 나는 잠자코 고래를 응시했다. 그래서 바다를 그렇게나 싫어했어? 고래가 고개를 끄덕였다. 난 걔가 불행마저 안고 우리 집에 있는 게 싫어져서,

"막 꺼지라고 했어. 울면서. 너 진짜 싫다고."

그러니까 걔가 묻는 거야. 왜 자기가 싫내. 그래서 그랬어. 네가 내 가족 뺏었잖아. 내 말에 김바다가 미안하다는 거야. 뭐가 그렇게 미안한지, 살아서 미안하대. 그러니까 그만 울라면서.

또 어떤 날은 그러는 거야. 부모님이 아니라 자기가 거기서 죽어버렸어야 했다고. 자기는 항상 남의 거나 빼앗는 나쁜 놈이라고. 누구 하나 행복하게 해주지 못하고, 지키지도 못하는 바보 등신이라면서. 그러니까 자기는 스무 살 되고 졸업하자마자 독립해서 따로 살겠다면서 돈도 따로 벌겠다면서. 같은 무리에 있던 애랑 크게 싸워서 수술까지 해 놓고 눈 뜨자마자 한 말이 그거였어.

김바다 걔는 아직 바다 깊은 곳에 엄마 아빠랑 있는 것 같아. 그게 내가 걜 바다라고 섣불리 부르지 못하는 이유이기도 해. 얼마나 힘들겠어. 바다라는 말을 들을 때마다, 얼마나 떠오르겠어. 자신의 불행으로 자신이 불린다는 건, 너무 잔인하잖아. 그래서 난 수영으로 금메달 목에 걸면서도, 걔가 날 고래라는 별명으로 부르는 게 너무 괴로우면서도 여전히 꿈은 고래야. 염치없지만 구해내고 싶거든. 걔 없으면 내가 죽어서. 근데 수영만 해서는 절대 걔한테 못 닿아. 금메달도 안돼. 바다 그 자체가 되어야 해. 고래가 되어야 해.

"…근데 김바다, 죽지는 않았겠지."

"…응, 괜찮을거야. 내일 병문안이나 가자."

"나는, 걔가 진짜… 진짜로…."

고래는 짧은 한숨을 내뱉었다. 뚝뚝 떨어지던 물기가 멎은 지 오래였다. 바싹 말라버린 고래의 어깨에 나는 손을 가져다 댔다.

"…아무리 고래라도 숨은 쉬거든."

"……."

"…가끔씩은 이렇게 올라와도 돼. 마음껏 숨 쉬어도 돼."

"……."

"…울어도 돼."

고래가 훌쩍거리다가 결국 울기 시작했다. 내 어깨에 젖은 머리를 기대었다.

"고래이고 싶어. 계속 함께하고 싶으니까. 걔는 누가 뭐래도 내 형이잖아."

실은 알고 있다. 고래가 이토록 숨을 쉬지 않던 이유. 그렇게 참다 보면 숨이 막혀 죽을 걸 알면서도, 바다를 너무나 아껴서. 함께하고 싶어서. 그렇게 수면 위로 올라와도 바다 없이는 도무지 숨이 제대로 안 쉬어져서. 호흡을 포기한 채, 바다에 가라앉고 있었다. 고래의 숨은, 호흡은 바다다. 고래의 바다. 그 속을 알 수 없는 모순의 세계에서 김바다는 짱이 아니다. 왕도 아니다. 그저, 바다. 어떠한 수식어도 필요가 없어서. 그 깨끗함을 좋아한다고.

우는 목소리만이 수영장 안에 울려 퍼진다. 나는 어깨에 닿은 축축한 촉감을 느꼈다. 내 옆에 있는 나의 절친한 친구가 그랬지. 몸에 닿는 물의 느낌이 좋아서, 고래가 되고 싶었다고. 있지, 사실 나는 바다를 좀 싫어했어. 내가 짱깨 소리 안 들으려고 하던 말이 겨우 구질구질한 '바다 보러 한국 왔어요.' 였으니까. 그런데 이제 좀 좋아질 것 같아. 나는 애초에 바다와 고래, 너희를 보러 한국까지 온 거니까. 나의 친구, 너네 덕분에 여기에 내가 있는 거니까. 그러니까. 그런 걸로, 이런 걸로 퉁치자.

-

주말, 우리는 병원으로 향했다. 나는 어제 잠을 설친 건지 피곤해 보이는 고래의 어깨를 두드린다. 고래야. 너도 부모님께 들었을 거 아냐. 바다 걔, 진짜로 괜찮대. 상두 그 놈 주먹이 막 엄청 아프지는 않았나 봐. 지금 일어나서 밥 먹고 있다잖아. 고래는 그 말에 날 보며 살며시 입꼬리 올린다. 버스 안, 학원을 가는 듯해 보이는 애들이 대다수였으나 우리는 덜컹거리는 뒷자리에서 병원으로 향한다. 어제의 일을 상기시키며.

김바다는 정말 변함없다. 머리에 빵꾸가 났는지 커다란 거즈 하나 붙이고 얼굴에는 또 얼마나 상처가 많은지 약이

덕지덕지 발라져 있었다. 그 상태로 김바다는 밥 잘만 처먹는다. 왼쪽 팔뼈가 부러져서 고기반찬 많이 나온 탓이다. 깁스를 두른 팔이 무색하게 잘도 처먹었다. 아~ 넘나 조으다~ 나는 어이없어서 그만 웃어버렸다. 저것이야말로 이 세계의 종결자. 역시 김바다는 김바다다. 고래가 그토록 말하던 진정한 김바다. 솔직히 이건 그 어떤 가십거리로도 만들어낼 수 없는.

"어 왔냐? 앉아."

"…너는 어쩜 이러냐."

"뭐가."

"……."

고래는 그런 김바다를 빤히 쳐다보다가 대뜸 등짝 한 대 때린다. 미친놈. 욕도 했다. 김바다는 그런 고래 보면서 아픈지 인상 찌푸린다. 아 아퍼! 때리지 좀 마. 내가 널 어떻게 안 때려. 엄마랑 아빠는 갔어? 엉, 어제저녁에 가셨어. 병원비 좀 나오겠더라. 돈 뜯어서 미안하당. 그 말 하면서도 김바다는 아무렇지 않다. 나 또한 그 옆에서 아무렇지 않게 서 있었다. 그래 됐어, 김바다가 숨긴 것도 아니구 안 물어본 내 잘못이지.

"빨리 낫기나 하셔. 휘순이도 너 걱정하던데."

"휘순이? 이휘순? 그 게임 겁나 잘하는 애? 너네가 어떻게 걔를 알지?"

그냥, 어쩌다 보니? 나는 어깨를 으쓱거리며 옆에 아무 말 없이 서 있던 고래를 쳐다봤다. 여전히 표정이 좋지 않았다. 그 분위기를 환기하기 위해 나는 계속해서 바다에게 질문을 던진다. 야, 그나저나 너 괜찮은 거 맞지. 아 괜찮다구우 왜 그러냐구우. 그러면서 바다는 왼손을 꽉 주먹 쥔다. 덜덜 떨리는 손 감추려고. 그러니까 고래가 보기 싫다는 듯 인상을 구기더니 소리치는 거다.

"괜찮기는, 너 반나절 동안 혼수상태였다며. 죽을 뻔했다며. 동공도 다 풀려서 의사가 몇 명이나 더 붙어서 겨우 깨어났다며. 너. 너…"

진짜 괜찮은 거 맞아? 고래가 거칠게 숨을 내쉬었다. 김바다는 그런 고래를 빤히 쳐다보다가 입을 연다. 입술이 바싹 말라 있었다.

"그게 뭐 어때서. 어쨌든 살았잖아."

"……"

"……"

"그치, 너한테는 그게 참 쉽다 그치."

뒤질 거면 빨리 뒤져. 걱정시키지 말고. 이 짓도 질리니까. 고래는 결국 자리를 박차고 나가버렸다. 바다는 그대로 고래의 뒤통수만 바라보다 식판에 있던 요구르트 깐다. 나는 가만히 둘을 지켜보고 있다 김바다에게 넌지시 말을 걸었다.

"고래가 그러던데, 자기 바다가 너라고."

그러니까 바다가 그대로 나를 빤히 쳐다봤다. 이만하면 알아들었겠지, 넌 생각보다 고래한테 큰 존재라고, 소중한 형제라며. 그렇게 생각하기도 잠시 김바다가 말한다. 쟤가 그랬다고? 와 영광이네.

"근데 걔도 내 바다야."

이건 몰랐지 민아.

-

고래는 먼저 집으로 간다는 연락 하나 남기고 가버렸다. 나는 마음이 좀 싱숭생숭해서 휘순이를 만났다. 피시방에서 보자고 하길래 알겠다고 했다. 점점 드러나는 바다, 그 안의 모순된 세계. 흔적, 기억, 흉터.

휘순아 너는 진짜 잘한다. 전혀 게임 안 할 것 같이 생겨서는. 휘순이랑 나는 또 롤이나 한다. 딸깍딸깍 키보드 소리와 커서 소리만 들린다. 그렇게 아무 생각이 나지 않아서. 그치만 오늘은 또 나서. 휘순의 모니터로는 다시 한번 승리라는 단어가 휘황찬란하게 떠오른다. 나는 휘순이를 보며 말했다. 휘순아 너는 밥 먹고 게임만 했니. 잠은 자면서 하는 거니. 어떻게 저번보다 잘하니. 너 미친놈이니. 그러니까 휘순이는 어제 보였던 모습은 어디로 갔나 싶을 정도로 조금은 씁쓸하게 웃으며 답했다.

"…못하면 맞았거든."

정말 예상치 못한 대답에 잠시 멍을 때렸다. 응? 다시 물었을 때 휘순이는 다시 새로운 게임에 참전한다. 쉴 틈도 없다. 마치 어딘가에 쫓기듯이. 경험치가 이미 충분히 쌓였는데도 불구하고.

"상두 그놈 롤 티어가 다이아몬드인 거 알아? 근데 걔 손이 겁나 커서 제대로 타자도 못 쳐. 할 수 있는 건 옆에서 딴지 거는 거뿐이야."

"……."

"…내가 만들었어. 내가 상두 티어 다이아까지 찍은 거야."

"……."

그게 내가 하던 짓이었어. 전부터 그래왔거든. 맞아, 나 왕따였어 민아. 나 상두랑 같은 학교였던 거 알지. 상두 따까리였어. 그렇게 맞아가면서 키운 캐릭터가 롤 이전에도 몇 있었거든. 심지어 우리 집이 좀 잘 살아서, 그래서 그때 컴퓨터가 있어서, 맨날 우리 집 와서 걔네가 행패 부렸어. 나만의 공간에, 내가 쉬어야 할 곳에서, 나 그렇게 맞아가면서 게임했어. 상두 그 새끼 그런 놈이야. 그게 겨우 중2 때 일이거든. 그때까지 나도 상두도 바다 끌어들일 생각 못 했거든. 안 했거든. 김바다는 그냥 나랑 다른 세계 사람 같았거든. 고래한테 들어서 알잖아. 걔는 맨날 축구하고 잘도 웃었어. 그러다가, 중학교 3학년 때 하필이면 골목에서 마주쳐서, 하필이면 내가 김바다 앞에서 다구리 까여서.

바다가 그랬거든. 왜 그렇게 죽일 듯이 사람을 패냐고. 하지 말라고. 그때 상두가 그랬어. 그럼 니가 대신 맞을래? 나 그때 바다 싸움 못 하는 거 처음 알았잖아. 그렇게 나는 닥치고 게임만 하게 됐어. 바다가 옆에서 대신 맞았거든. 김바다 안 맞으려면 내가 꼭 게임에서 이겨야 했거든. 그렇게 시간 좀 지나서는 상두네 끌려다니면서 돈 받고 다른 애들 레벨업도 시켜줬어. 물론 받은 돈은 상두가 꿀꺽하고. 근데 상두 그 새끼 진짜 악마인 게, 바다가 그 뒤로도 계속 걔한테 나 대신 자기 때리라고 했거든. 뭐가 그렇게 겁이 없는지. 나는 맞는 게 무서워서 게임 하는데. 걔는 그게 하나도 안 무섭대. 그러면서 나한테도 그러는 거야.

「야, 져도 돼. 내가 대신 맞을게. 그냥 그저 그런 애 하나가 뭐가 무서워서 그러니.」

「…너는 왜 겁이 없어. 짜증 나게.」

「내가 겁내면 저런 놈들이 날뛰니까.」

그래서 상두가 그러더라. 하도 바다가 버티니까. 몇 번 깁스하고 부려져도 버티니까. 결국은 김바다가 제일 하기 싫어하는 거 시키더라.

「김바다, 너 쌈 좀 하냐? 내 친구 안 할래? 나랑 같이 놀자. 저기 지나가는 놈 잡아 와 봐.」

234

당연히 김바다는 하기 싫다고 했지. 그러니까 상두가 그러는 거야. 너 우리 삼촌이 누군지 아니. 차이나타운 거기서 장기밀매 하는 조폭이야. 몰라, 그게 진짜인지 가짜인지. 그러면서 상두 이 미친놈이 그랬어. 너, 니 동생 죽는 꼴 보고 싶냐고.

그래, 상두 걔 진짜 무서운 놈이야. 다 알고 있었거든. 걔는 심지어 나 괴롭힐 때 우리 아빠랑 엄마 이혼한 것까지 알았어. 우리 외가랑 친가가 어디인지, 또 어디서 내가 가장 공포를 느끼는지까지 다 알았어. 바다도 그랬던 거야. 바다 약점이 고래 걔였던 거야. 니 동생 죽인다고. 고래 걔 진짜 죽일 거라고. 그러니까 바다가 막 돌아서 발발 기는 거지. 걔가 뭐길래. 난 고래가 누군지도 모르는데. 걔한테 동생이 있었는지도, 어떻게 생긴 지도 모르는데.

그래서 옆에 서서 귀에 박히도록 들었어. 고래 그 이름 하나면 그 천하의 김바다도 바닥에 붙으니까. 진짜로 사람 패니까. 때려도 진짜 하나도 안 아픈 주먹 휘두르니까. 그래서 그렇게 몇 번 교무실 다녀오니까. 경찰서까지 다녀오니까. 김바다 그렇게 개처럼 살았어. 그러다가 정신 차리더라. 깨달은 거야. 자기가 미친놈이었다는 거. 그렇게 다른 애들보고 휘두르던 주먹 상두한테 꽂았어. 근데 말했잖아. 걔 싸움 못 한다고. 근데 그때는, 진짜로.

「너 진짜 고래 죽는 거 보고 싶지. 니 동생 죽이고 싶

235

지. 그래서 이러는 거지 응?」

「죽여봐. 그럼 어떻게 되게. 나는 끝까지 너 찾아가서 죽일 거야. 찢어 죽일 거야. 니가 뭔데 고래를 건드려. 니가 뭔데 내 동생 건드려. 니가 뭔데 감히 걔 이름을 부르냐고. 죽어. 그냥 죽어버려.」

상두도 바다도 무서울 정도로 깨졌어. 상두 걔 목에 흉터 있잖아. 그거 그때 김바다가 그런 거야. 진짜로 죽이려고 했거든. 근데 더 심각하게 다친 건 김바다. 걔 수술까지 받고 몇 달간 글씨도 제대로 못 썼어. 지금은 전교 10등까지 찍는데 웃기지. 자기도 그 꼴 날 거 다 알고 덤볐을 텐데, 고래가 대체 걔한테 무슨 말을 했는지 몰라. 그렇게 상황 일단락되고 나서야 나한테 그러더라고 고래는 나를 항상 생각해 주는데, 나는 그런 걔를 위해서 망가지는 게 너무 싫었다고. 걔는 나랑 사는 게 좋다는데, 여기서 내가 더 망가지면 내 동생은 어떡해.

"내가 김바다 왜 좋아하는지 말했잖아."

"……."

"착해서라고. 진짜로 뭐 하나밖에 모르는 바보라서, 순정파여서."

그러면서도 김바다는 나한테 그랬어. 다 부러진 몸 끌고 와서.

「너도 이제 지는 게임 좀 해.」

236

나는 그때까지도 게임에서 이겨 먹지 않으면 상두한테 졌거든. 근데 그때부터 게임에서 일부로 졌어. 그럼 상두가 나한테 빡치긴 해도 김바다한테 온 관심이 다 쏠려서 별말 안 해. 중3 여름방학 내내 김바다 죽인다고 눈에 불을 켜고 잡으려고 했거든. 나는 그렇게 깔짝대면서 꿀 빨아. 그러면서 생각해. 상두 네가 뭔데 김바다를 이겨. 김바다는 고래한테도 지는데. 네가 뭔데 그런 고래를 죽여서 김바다를 이긴대. 웃기잖아.

휘순의 입술이 잠시 닫히더니 모니터에 패배라는 글자가 떠올랐다. 패배 마크는 너무나도 선명했다. 심지어 승리라는 글자보다 더욱. 난 사실 휘순이랑 게임 할 때는 단 한 번도 보지 못했던 것이라서. 처음 보는 것이라서. 처음 보는 휘순의 패배라서. 그런데도 휘순은 아무렇지 않아서.

민아, 떨어지는 나는 오직 나만이 구해낼 수 있어. 그래서 나는 나 위해서 지는 게임 해. 그런데 바다는 고래 때문에 지는 게임 해. 그런 걔네가 천년의 앙숙 같이 군다는 게 말이나 돼?

"……."

"…걔 고래 안 싫어해. 정말로. 진짜야."

"……."

"바다는 고래가 울면 자기도 울고 싶댔어."

나는 그 말에 도저히 할 말이 생각나지 않아서. 나는 그

만,

「나 걱정하냐 지금. 이잉~ 요 앙큼한 고래!」

「뭐래, 얘 땅콩 못 먹어.」

「근데 걔도 내 바다야.」

"알아."

라고 대답하고 말았다.

-

바다는 며칠 더 병원에 있어야 한다고 했다. 안 그런 척하면서 김바다 심심할까 봐 놀러 가면 고래가 꼭 있었다. 가끔은 휘순도 같이 간다. 그럼 김바다는 진지하게 묻는다. 너 이제 진짜 게임 안 하지. 휘순아, 진짜지. 그러면 휘순이는 그랬다. 움푹 파인 보조개를 꺼내면서.

"그럼 바다야. 나 이제 개길 줄도 알아."

고래는 그런 휘순을 수영 유망주로 탐낸다. 처음에는 그렇게나 경계하더니, 바다가 하도 편하게 대하니까 휘순의 딱 벌어진 어깨 보면서 너는 수영해도 참 잘하겠다고 그랬다.

와중에 학교는 삭막하다. 김바다 없는 우리 학교 운동장은 썰렁하다. 가끔씩 반 애들이 나나 고래한테 김바다는 괜찮냐, 잘 있냐 물어보지만 난 그 질문의 의도를 잘 안다. 이제 내가 모르는 세상은 아마도, 없을 거니까. 그러니까

저 질문은, 중앙고 짱 김바다가 이빨 빠진 호랑이가 되었니? 그 말이다. 그러니까 당연히 나는,

"어, 너무 잘 지내."

하고 답한다. 그러면 애들은 다행이라며 웃지만 알 수 없는 아쉬움 풍긴다. 약해빠진 왕의 군림 따위는 없다. 그냥 김바다 자체, 김바다는 김바다니까. 그 어떤 것도 숨기지 않는다. 걔 사실 고아래. 이것 또한 사실이나 현재는 거짓이니 내가 왈가왈부할 문제는 아니다. 걔한테는 고래가 있다. 동생이 있다. 그러니까 그냥 입 다문다. 나는 그 방법을 택했다.

그러나 무질서는 결국엔 사태를 동반했다. 김바다가 그렇게 되고 나서 이기영은 자리에 앉아 손톱만 뜯어댔다. 며칠 동안 미친놈처럼 그랬다. 그러다가 오늘 난리쳤다.

점심시간에 대회 준비로 훈련 간 고래가 수영가방 놓고 왔다길래 가져다주러 잠깐 교실로 갔다. 사실 이건 원래 바다가 하던 일인데 불가피한 상황으로 내가 하게 된 참에 딱 목격한 거다. 이기영 걔가 옥상으로 향하는 것을. 옥상은 사실 문 닫혀있다. 근데 마음먹으면 문고리 부수고 들어갈 수 있을 정도로 낡았다. 그러니까 그 마음 먹는다는 게 뭐냐면,

"야, 너 뭐하냐?"

"……."

떨어져 죽는다는 거다. 나는 한참을 개의 뒷모습만 쳐다 봤다. 인기척을 느낀 이기영은 잔뜩 수척해져서는 나를 본다. 얼굴이 상처로 엉망이었다. 아마 상두 작품일 거다. 그렇게 내게 바락바락 소리 지르는데, 귀가 아팠다. 으아아아악! 김바다 개 때문에 내가 죽게 생겼어. 상두 그놈이 김바다 다 못 죽인 게 나 때문이래. 그러면서 나를 패는데… 나쁜 새끼들….

"걔네가 나보고 복수해줄 테니까 시키는 대로만 하라고 했으면서. 왜… 왜… 왜 나한테 이러는데."

그것도 그래. 김바다가 애초에 나한테 그딴 식으로 안 굴었으면, 아니. 네가 나한테 개기지만 않았어도…. 다 너네 때문이야. 너네가 나 이렇게 만든 거야. 근데 내가 왜 죽어. 동민 네가 뒤져. 죽어버려 이 짱깨새끼야.

"웃기네 기영아."

이기영은 꼴 보기 싫게 질질 짜면서 내 멱살을 잡아 흔들어댔다. 나는 그런 개의 모습이, 솔직히 웃겨서. 크게 웃어버렸다. 짱깨? 그게 뭐 어때서. 그래, 나는 중국인이야. 근데 바다 친구야. 근데 너는?

"기영아 너는, 바다만 사라지면 네가 최고될 것 같지."

"……"

"웃겨. 니가 뭔데 기영아. 니가 뭔데. 너는 그냥 하찮은 기영이야. 어디서든 우리가 하대할 수 있는 그런 이기영이야. 너는 어디서든 져. 그게 누구든 져. 심지어 네가 그토록 짱깨라던 나한테도 져."

"……."

이기영의 까만 눈동자가 이리저리 요동친다. 내 옷자락에 끌려가듯 붙은 이기영은 그렇게 소리 지른다. 아니야. 아니라고. 뭐가 아니야 맞는데. 그러다가 진짜 김바다 죽기라도 했으면 넌 진짜 고래한테 죽는데. 참 다행이다 그치.

"그래도 죽고 싶으면 죽던가."

"……."

이기영은 어깨를 들썩대며 숨을 훅훅 내뱉는다. 그러다가 내 옷자락을 거칠게 놓아버리고 옥상의 끝으로 달려간다. 나는 아찔한 상황에도 손 놓고 봤다. 왜냐면, 이기영은.

"……."

"거봐, 그렇다니까. 네 위치는 겨우 그 정도야."

절대로 못 뛰니까. 지 목숨 소중한 줄은 아는 이기적인 놈이라서, 애초에 김바다 해치려던 상두를 도와준 것도 자기 살려고 그런 거니까. 근데 그 행동에 이해는 못 해준다. 어디서 우정 앞에서 자존심을 내세워. 그래, 이기영은 루저다. 외톨이다. 쎈 척하는 겁쟁이다.

이기영이 끄트머리에서 주저앉았다. 축축하게 젖은 이기영의 바지에서 지린내가 진동했다. 더러운 놈. 그게 네 수준이잖아. 머릿속에 새겨놔. 그와 동시에 내 뒤에서 누군가

튀어나왔다. 재빨랐다. 마치 물속을 유영하듯이. 언제 나를 따라 올라온 건지 고래는 그대로 이기영을 때려눕혔다. 이기영 얼굴 곳곳이 터지고 멍든다. 그러면서 말했다.

"네가 왜 뒤져. 바다도 사는데."

"……."

"넌 나한테 맞기나 해."

-

이기영 이 미친놈이 뛰어내리려던 게 교장쌤한테 목격돼서 다시 학교는 한바탕 뒤집어졌다. 이기영은 그 이후 한동안 학교에 나오지 않았고, 그사이에 우리는 교무실로 불려 갔다. 솔직히 맞을 만했잖아요. 상두네랑 연락하면서 북 치고 장구 친 건 걔니까. 그렇게 말하고 싶었다. 아니, 그렇게 말할 작정이었다. 그런데 당황스럽게도 선생님의 입에서는 이상한 말들이 쏟아져 나온다.

"기영이, 진짜로 죽으려고 했나 보다."

유서를 썼다고 했다. 옥상 올라가기 전에 자기 책상 안에 넣어놨었다고. 별… 난리를 다 떨었네. 고래가 어이없다는 듯 머리를 쓸어넘겼다. 하지만 중요한 건 거기서 끝이 아니었다.

"거기에 너희 이름이 들어가 있어."

잠시 침묵. 그러니까, 걔가 저희 때문에 죽으려고 했었다

242

고요. 그게 무슨 개소리세요. 그러면 김바다는, 걔 때문에 진짜로 죽을 뻔했었는데도 암말 안 해 놓고서, 걔가 대체 뭔데 저희는 교무실까지 와야 해요. 담임은 곤란하다는 듯 우리에게 속삭인다. 기영이 부모님이 소식 듣고 학교 찾아오셨어. 지속적인 학교폭력으로 신고하겠다더라. 오죽했으면 애가 떨어져 죽으려고 했겠냐고… 너네 다 빵에 처넣어야 한다며…. 나는 어이가 없어 웃음이 나올 지경이다. 맞은 건 상두 작품. 물론 고래가 막판에 패긴 했어도 솔직히 그건, 정당방위. 애초에 개 같은 짓 한 거, 이기영. 이렇게나 명확히 딱 떨어지는 결론이 있고 결과가 있다. 그런데도 세상은 그렇다. 늘, 잔인하다. 걔네는 보이는 것만 보니까. 그 안의 진리 따위 관심 없다.

"누군 개 때문에 죽을 뻔했다니까요."

"……."

"그렇게 따지면 이기영도 학폭 가해자로 신고 넣어도 되는 거죠."

고래의 말에 나도 모르게 어깨를 쭉 펴게 된다. 맞다. 눈에는 눈, 이에는 이. 개만도 못한 쓰레기 같은 놈은 인간 취급 안 하는 게 맞다. 나 또한 동의한다. 그런데 우리를 보는 담임의 표정이 이상했다. 그걸 누가 믿겠니. 딱딱한 목소리가 뒤통수를 때린다. 이번에 학교에서 쌈질한 개? 이미 몇 번 폭력으로 경찰 신고까지 먹은 적 있어. 그런 양아치가 학폭을 당했다고? 나도 안 믿기는데 누가 믿어.

"진짜 다들 돌았어요?"

"뭐? 너 지금 뭐라 그랬어. 나보고 한 말이야?"

"네, 쌤이요. 다들 돌았네. 미쳤네. 컨닝 했다고 의심했을 때부터 그랬어. 계속 빡치게 하시잖아요 쌤들이."

고래는 자리를 박차고 일어났다. 조용하던 교무실에 큰 파장을 불러일으킨다. 너 그렇게 안 봤는데 버릇이 없네. 예의가 없네. 우리가 너 수영 특기생이라고 봐줬네 뭐네…. 그런데 고래는 단 한마디로 이 모든 상황을 끝낸다.

"쌤이 걜 알아요? 나는 알아요."

그러니까 내가 믿어. 그럼 되잖아.

-

고래는 혼자 있고 싶다고 했다. 나는 그래서 그대로 이기영한테 달려간다. 이기영 얘는 쪼다같이 쫄아서 학교만 안 나왔겠거니 싶었다. 만나면 반드시 한 방 멕이겠다고 다짐까지 했다. 그러다 학원 가던 길에 딱 마주친 거다. 걔를 보는데 오늘 일이 한꺼번에 다시 몰려와서, 나 또한 도저히 분이 안 풀려서. 기영아 너는 왜 끝까지 더러워. 깨끗하게 끝내는 법이 없어. 그러니까 걸어가던 이기영은 나와 눈이 마주치자마자 갑자기 냅다 상가 대리석 바닥에 무릎 꿇고 나한테 두 손을 싹싹 빌었다.

잘못했어. 진짜로 잘못했어. 학폭 신고 안 해. 내가 미쳤다고 그걸 왜 해. 우리 엄마가 그런 거야. 철저히 우리 엄마 의견이야. 학폭 신고 먹이면 상두가 나 죽인대 진짜로 죽인대. 상두 그놈이 김바다는 자기가 직접 친다잖아. 그러니까 잘못했어. 제발, 용서해줘.

나는 그랬다. 이기영의 얼굴에 대고. 이러지 마 기영아. 이럼 내가 너 진짜 때리는 것 같잖아. 정작 사람 죽이려고 한 건 넌데. 왜 나를 너 같은 놈으로 만들어. 기분 잡치게. 꼴사나운 짓 그만하고 사과는 나 말고 바다한테 해. 걔는 너 때문에 진짜로 죽을 뻔했으니까. 나중에 김바다 멀쩡하게 걸어서 학교 오면,

"사과해. 예의 없이 군 거."

–

고래는 그날 훈련까지 빼고 김바다 병원으로 달려갔다. 내가 학원 마치고 병원에 도착했을 때에는 이미 김바다 옆에 앉아 둘이 얘기를 나누던 참이었다. 나는 발걸음을 늦추고 병실 안을 들여다본다. 속닥속닥, 비밀스런 얘기가 오간다.

"난 세상에서 니가 제일 싫은 거 알지."

"뭐 한두 번 듣나…"

"…야, 바다야."

"와, 네가 그렇게 불러주는 거 오랜만이다."

"…왜 그렇게 살아?"

"뭐?"

"왜 항상 자처해서 바보 되냐고. 멍청하게 굴어 왜. 내가 멍청한 사람 싫어하는 거 다 알면서. 일부로 그러는 거지? 내가 너 싫어하게 하려고 그러는 거지?"

"……."

"넌 힘들지도 않냐."

"무슨 의미야."

"니 동생은 너랑 이러는 거 죽기보다 싫다는데."

너 상두한테 맞았던 거, 그래서 맨날 어디 부러져서 들어오던 거, 그러다가 억지로 양아치 행세한 거. 나 다 알아. 언제까지 숨기려고 했는데? 뭐 스무 살 돼서 독립하면 다 끝날 줄 알았어? 절대 안 돼. 너 내 가족이잖아. 이제부터 우리 집은 독립금지야. 그러니까 늦었어도 우리 다 불자. 신고하자. 그래서 걔네 다 족치자. 너 이렇게 만든 놈들 다. 그 말에 바다가 답한다. 으응, 난 싫은데. 왜, 또 뭐가 문젠데.

"고래야, 그럼 진짜 너 죽을지도 몰라."

"……."

"그럼 내가 어떻게 살아. 내 바다가 없는데."

"……."

너가 동민한테 그랬다며. 내가 네 바다라고. 그럼 이것도 말해줬나? 너도 내 바다야. 나는 잠시 숨을 참는다. 다가오는 진실, 바다는 먹던 음료수 내려놓고 진지하게 답한다. 그 말에 따라 고래의 얼굴이 일그러진다.

"상두 걔 삼촌이 조폭이래."

"허, 그걸 믿어?"

"그 확률을 믿어."

네가 진짜로 죽어버리면 어떡해? 혹시라도, 정말 1퍼센트, 만에 하나라도. 그게 진실이라서. 네가 죽으면. 그거 피하려고 나 더러운 짓 다 했는데. 너 죽을까 봐. 너는 모르지. 넌 내가 그냥 맞아가면서 그딴 짓 했다는 것밖에 모르지. 근데 아니거든. 상두가 그랬어. 나 그렇게 안 하면 자기 삼촌한테 말해서 너 죽여버릴 거라고. 난 그게 제일 무섭잖아. 너가 나한테 뭔데. 너가 나한테 뭔지 알고.

김바다의 세상. 협소하다. 고래. 그뿐. 다른 것은 없었다. 오롯 고래였기에 그 모든 김바다의 행동은 설명된다. 내가 보던 것과는 다른 세계. 눈에 보이지 않는 세상. 그것을 볼 수 있어야 했기에, 나는 고래 눈에 가득 차오른 눈물만 보인다.

"너는 결국 아줌마 아들이잖아. 아저씨 아들이잖아. 나도 그 집 아들인데."

"……"

"너는 내 동생인데."

고래가 결국 김바다를 노려본다. 그와 동시에 눈물이 떨어졌다. 내가 부모님 뺏어가서 미안. 바다의 말에 고래는 김바다를 주먹으로 퍽 친다. 뭘 뺏어가. 너 훔친 거 하나도 없어. 가족인데 뭐가 대수라고. 그냥… 할 말 없어서 한 말이야. 그냥 변명이라고. 응? 내가 싫어서 그랬어. 제한되는 게 너무 많아지잖아. 너는 너일 때 가장 빛나는데, 우리 가족이라는 울타리 안에서는 자유롭지 못해 보여서. 그렇게 되면, 고래는 자살하는 거 알아? 숨을 안 쉰다는 거야. 내가 딱 그런 것 같아서. 넌 내 바다잖아. 꼭 필요한데 결국엔 날 죽이는 건 너거든.

"넌 어땠어. 나 때문에 불행하지 않았어?"

"…가족끼리 뭘, 그냥 넘어가."

"……."

"…딱 한 번. 너가 나 싫다고 했을 때. 미움받는 거 이제 너무 지겨워. 환영받지 못하는 것도, 혼자 남겨지는 것도."

"이제 너 싫어하는 척도 안 할게. 그러니까…"

"그러니까?"

"나 형 시켜줘."

김바다가 소리 내 웃음을 터뜨렸다. 고래는 아랫입술 꽉 깨문다. 결국 그 아래로 웃음소리가 새어 나왔다. 내기로 정한 형 동생에 불만을 품다니. 뭐야, 이제 동생 포지션에

248

질렸나 봐? 딱 기다려 이 행님 퇴원하면 함 붙자! 잠만, 나 요즘 대회 때문에 근육 붙어서 장난 아닌데 너무 방심하는 거 아냐? 기분 좋다는 듯 웃었다.

"대신 너 대회에서 금메달 따오면 그거 나 주는 걸로."

"미쳤냐? 내가 왜 그걸 너한테 줘."

그리고는 김바다가 내뱉는 말은

"우리 나중에 발리로 가족여행이나 갈래?"

"발리는 갑자기 왜."

"그냥, 좋잖아. 발리."

퍽이나 낭만적인 문장이었다.

-

고래는 요새 수영대회 때문에 바빠졌다. 어떤 날은 아예 학교까지 빠지곤 했다. 그렇게 지루한 나날의 연속이었다. 아 참, 바다도 퇴원했다. 뼈는 다 붙었어도 조심해야 한다고 해서 왼쪽 발에 반깁스하고 다닌다. 근데 그것도 참 웃긴 게 너무 멀쩡해 보인다는 거다. 그러면서 내게 슬쩍 와서 물었다. 기영이가 나한테 사과하던데 어떻게 받아들여야 하나? 그래서 나는, 그냥 그런가 보다 하고 말았다. 그러면서 나한테 그러는 거야. 상두가 자기 죽이려 든다구. 제발 도와달라구. 미친놈인가.

고래는 우리한테 꼭 대회 보러 오라고 했다. 아니 사실 별말 안 했는데 안 오면 고래 삐진다. 특히 김바다는. 다행인 것은 대회가 주말이었다. 고래는 넌지시 대회 전날에 내게 그랬다. 이번 대회 1등 하면 김바다 포함 가족들이랑 같이 방학에 발리 가기로 했다고. 그래서 저렇게 이 악물고 연습하나 보다.

대회 당일 주말에 나랑 바다는 만났다. 바다는 쓸데없이 꽃다발 사서 들고 왔다. 우리 고래, 괜히 내가 고래라 부르겠냐며 안 봐도 1등 먹을 거라면서. 대회장은 잠실이다. 학교랑 꽤 가까워서 걸어와도 되는데 깁스 걱정이면 버스 타고 오랬다. 그런데 또 우리는 걷는다. 한강대교 하나 건너보겠다고.

"야, 동민. 세상의 모든 물은 이어져 있는 거 알아?"

"…모르는데."

"고래 그놈, 수영장이나 바다에서도 수영하는데 강에서도 하려나."

"그래서 뭐, 한강에 빠뜨리기도 하게?"

바다가 킬킬 웃었다. 그럴까? 나는 그런 김바다 보고 스리슬쩍 따라 웃다가 훅 불어오는 매연에 콜록댄다. 사실 한강 다리를 걷는 건 그리 즐거운 일은 아니다. 자동차들이 눈 바로 앞으로 쌩쌩 소리를 내며 지나가 자꾸만 이쪽으로 오면 어쩌지 하는 생각이 들고, 명성과는 달리 서울의 여유롭지 못한 사람들의 일상과 파란 하늘을 덮는 매연, 그리고 한강의 맑지 않은 물비린내가 이리저리 마구잡이로 섞여서 마냥 즐겁게 걷기는 어려웠다. 물론, 바다라는 예외도 있었다.

"고래 아직도 연락 안 돼?"

"엉."

"…새끼 죽었나."

조금 후에 아래로 산책길이 보였다. 우리는 시간 좀 남았길래 더 걷기로 했다. 고래는 바쁜지 연락도 안 됐다. 어찌 됐든 목적지는 고래였으니까. 그렇게 다리 아래로 향하니 영화 탓인가, 금방이라도 괴물이 튀어나올 것 같은 풍경이 펼쳐졌다. 으스스했다. 소름이 돋았다.

그러다가 그 아래서 이기영을 만났다. 상두도 만났다. 맞고 있었다. 이기영은.

-

잠시 머리가 멍해졌다. 그 대교 아래, 주먹에 맞는 소리가 너무 적나라하게 다 들려서, 제대로 소리도 못 지르고 억억 때리는 대로 내뱉는 이기영 목소리가 다리 아래에 울려서. 나는 그렇게 가만히 서 있었다. 김바다도 마찬가지였다. 그러다가 그렇게 상두의 시선이 우리한테 꽂힌 거다. 재수 없게.

"얼굴 보고 싶다니까 진짜 오네. 우리 바다."

"……."

"옆에 짱깨는 왜 달고 왔어. 또 지혼자 멋있는 척하려고."

상두는 피에 절은 주먹을 털며 이쪽으로 다가왔다. 그때까지도 우리는 피하지도 않고, 가만히 서 있었다. 뒤에서 다구리 까이던 이기영은 그제야 좀 숨을 쉰다. 다른 상고 애들, 아니지. 그토록 상두가 몸담고 있다던 연합 애들인가. 징계받아서 정학 처리됐다고 하더니 처음 보는 얼굴도 좀 있었다. 걔네도 팔과 다리를 휘두르는 것을 멈추고 이쪽을 쳐다봤다. 나는 살그머니 김바다 옷자락 잡는다.

"애를 개 패듯이 패는 건 여전하네, 김상두."

"……."

"덕분에 죽다 살아났다. 동생이랑 화해도 하고."

"…허."

상두는 순식간에 험악한 인상 구기며 욕을 뱉었다. 그대로 바다를 쳐다봤다. 바다의 손에 들린 꽃다발도 쳐다봤다. 나는 그랬다. 그만하고 그냥 가자고. 고래가 우리 기다리고 있지 않냐고. 그 말에 상두는 기분 나쁘게 히죽 웃었다.

"동생 보러 가?"

"부르지 마 등신아. 네가 뭔데 내 동생을 불러. 걘 니 면상이 얼마나 역겹게 생긴 지도 몰라."

"아니, 이제는 나 알걸."

"뭐?"

바다가 이해가 가지 않는다는 얼굴로 되물었다. 그러니까 상두가 답한다. 내가 저번에 고래 찾아갔었거든. 오늘 수영 대회 한다며. 이번에 또 1등 먹으면 국가대표 선발전 나간 다더라. 그 말에 바다는 눈앞이 깜깜해지는 느낌이 들었다. 벼락이라도 맞은 듯 그대로 손에 쥐고 있던 꽃다발 내게 넘기고 빠르게 달려들었다. 발에 감긴 붕대 따위 신경 쓰지 않았다.

"미친 새끼가…."

"맞아, 나 미친 새끼잖아 바다야. 이제 알았어?"

"걔 건들면 진짜 뒈져."

"아이고 무서워라~"

까먹었니 바다야. 너 우리 삼촌 조폭인 거 까먹었니. 나 오늘 이기영 패고 걔 죽이려고 했거든. 수영 잘해서 별명도 고래라며? 너가 지었냐? 새끼들 눈물 나는 우애다 진짜… 모르겠고, 삼촌이 그러더라. 수영선수라 잘도 튼튼하겠다고. 수입 좀 짭짤하겠다고.

나는 굳어버린 다리를 후들거리면서도 화가 나 주먹을 쥐었다. 그러다 순간 앞에서 들려왔다. 바다가 상두를 내리친 소리가. 둔탁했다. 퍽 소리와 함께 상두가 뒤로 나자빠졌다. 뒤에서 깔깔거리며 관전 중이던 애들이 좀 놀란 건지 입을 다문 채 움찔대다가 욕 뱉으며 상두 패는 바다에게 달려든다. 바다는 뒤돌아보며 내게 말했다. 옷자락 잡은 내 손 슬그머니 떼어내며. 민아, 경찰 불러.

나는 한 손에는 꽃다발 들고 다른 한 손으로는 주머니에 손 넣어 핸드폰을 꺼냈다. 덜덜 떨려오는 손가락 때문에 바보같이 자꾸만 다른 곳을 눌러댔다. 앞에서 바다는 연신 몸싸움 중이었다. 정말로 이게 김바다의 모습. 싸움을 못 하는 것은 사실이었다. 내 두 눈으로 확인했으니까. 그런데 이것 또한 사실이다. 김바다는 정말로 고래 때문에 지기도 하지만, 이기기도 한다. 정말로 그렇다.

그렇게 때리고 맞으면서도 바다는 그랬다. 고래 건들면 진짜 죽여버릴 거라고. 그러면서 지금 당장 죽어가는 건 자기 자신인데. 그에 상두가 웃는다. 왜? 쟨 뭐가 그렇게 신나길래. 나는 전화를 걸면서도 그 의구심을 지우지 못했다.

"왜 이래 바다야! 고래 이미 뒈졌어!"

"……."

상두의 말과 함께 순간 삭막한 적막이 찾아왔다. 김바다도 휘두르던 주먹을 멈췄다. 다시 말해봐. 뭐라고? 니 동생, 이미 뒈졌다고. 내가 그렇게 만들었어. 내가 미리 삼촌한테 얘기했지. 네가 하도 고래만 나오면 돌길래. 그게 너무 빡치는거야. 걔가 뭔데, 고작 걔가 너한테 대체 뭔데.

고작? 고작? 고작? 고래가 어떻게 바다한테 고작이야. 걔는 바다의 전부인데. 불행하고 습한 공기 머금고 살아가는 이유인데. 어떻게 고작이야. 걔는 김바다의 바다야. 드넓은 바다. 네가 뭘 안다고. 너 같은 양아치 새끼가 뭘 안다고.

그때였다. 수화기 너머로 목소리가 들려왔다. 경찰입니다. 무슨 일이세요? 나는 한참 동안 입을 열지 못했다. 그… 저… 그러니까요…. 나는 그러면서 눈을 돌려 피떡이 된 이기영을 본다. 아무렇지도 않은 표정으로 김바다를 보고 있었다. 순간적으로 직감했다. 이제 나는 보이는 것만 보지 않는다. 이기영이 불었겠지. 고래, 그러니까 바다 동생이 요번에 수영대회 나간다고. 교무실에서 들었겠지. 이번에도 금메달 따면 정말로 우리 학교에서 국대가 나올 수도 있을 것 같다고. 이기영은 원체 그런 놈이니까. 언제는 내 바짓가랑이 잡더니, 상두가 또 아가리 털면 살려준다고 했니. 너라는 애란 정말로 여전하구나.

그래서 난 당장이라도 바다한테 소리치고 싶었다. 다 구라야. 거짓말이야. 그걸 믿어 바다야? 네가 말했잖아. 상두는 그런 놈이라고. 사람 이용하는 거 잘한다고. 그렇게 지옥으로 끌어내리는 거라고. 그러니까 개한테 네 바닥, 약점 보여주지 말라고. 그러면서도 나는 이해가 가지 않는다.

어떻게 바다인 너에게 고래가 약점이 되냐고.

당연하다는 듯이 붙어있어야지,

고래를 숨 쉬게 하는 바다인 네가 어떻게.

-

　바다는 순간적으로 몸에서 힘이 풀린 건지 상두의 멱살을 잡고 있던 손을 힘없이 떨어뜨렸다. 그리고 그대로 상두 주먹에 몇 번 더 맞았다. 휘청거리며 한강으로 밀려난다. 철퍽거리는 물살이 내는 소리가 대교 아래서 들려왔다. 자꾸만 그 소리가 나를 불안하게 만들었다. 나는 그때까지 폰에 대고 아무 말도 하지 못했다. 여보세요? 신고자분? 신고자분? 아… 그러니까….

　바다 얼굴은 상두 주먹 몇 대에 엉망이 됐다. 코피가 터졌고 입 안이 터졌고 입술이 터졌다. 주르륵 바닥으로 쏟아지는 피에 나는 온몸의 털이 바짝 서는 기분이 들었다. 그대로 바다에게로 달려갔다. 바다야, 진짜로 안돼. 너 그러다가 죽어. 그만하자. 고래한테 가자. 그런데도 바다는, 결국 고래 때문에 지는 게임을 한다.

　상두가 그대로 바다의 멱살을 잡은 채 뒤로 밀었다. 바다야, 나도 이러기는 싫어. 근데 네가 이렇게 만든 거 알지. 다 너 때문이야.

　"너가 다 뺏어갔잖아. 내 가오도, 존심도. 니가 다 해 먹어서 나 빡치게 했잖아."

　상두의 그 말과 함께 바다가 휘청이다 허리에 녹슨 난간이 닿는가 싶더니 그대로 뒤로 넘어갔다. 첨벙 소리를 내며 바다가 물에 젖어 들어갔다. 물살이 거칠었다. 쏴 소리를 내며 물이 막무가내로 떨어져 내렸다. 까만색, 그 더러운 물살을 따라 반항 않고 바다는 흘러갔다. 마치 한 몸인 듯이, 바다인 듯이.

바다야, 김바다. 너 어디가. 나는 울음이 터지고야 말았다. 형태가 없어졌다. 나는 몸에 힘이 풀린 탓에 그만 손에 쥐고 있던 꽃다발을 놓쳤다. 뒤늦게 꽃이 저 아래로 떨어지더니 사라진 바다를 따라 꽃송이들이 물살 타고 흘러갔다. 주위가 조용했다. 내가 우는 소리밖에 들리지 않았다. 상두 또한 예상하지 못한 상황인지 그 앞에 멍청하게 가만히 서 있었다. 나는 솔직히 다 죽여버리고 싶었다. 그래서 무슨 배짱으로 상두한테 달려들었다. 미친놈. 미친 새끼. 바다 데리고 와! 다 네가 그런 거잖아. 다 너 때문이잖아!

그러면서 나는 다시 바다가 없어진 드넓은 한강을 바라본다. 눈물이 얼굴 타고 흘러 더러운 시멘트 바닥에 뚝뚝 떨어졌다. 나는 그 상태로 다시 거친 바닥에서 아까 전 떨어뜨린 폰을 집어 들었다. 여기, 대교 밑인데요. 사람이 강에 빠졌어요. 근데 애가 수영을 못하거든요. 빨리 와 주세요. 제발요.

나는 그렇게 쓰러지듯 바닥으로 엎어졌다. 엉엉 울었다. 떨어뜨린 탓에 액정에 금이 가버린 나의 폰에는 여전히 선명하게 문자 하나가 떠 있다. 검은 배경, 노란색 박스. 발신자, 이휘순.

[나 도착. 어디야?]

[전화했다며.]

[걔 방금 준비하러 들어가서 전화 못 받아.]

[근데 너네 언제 오냐.]

[얘 아까부터 바다 왜 안 오냐고 겁나 성질냈어ㅋㅋ]

[빨리와.]

바다야, 그걸 믿어? 그 질문에 김바다는 답했지. 그 확률을 믿어. 만에 하나라도 고래가 죽는 확률을. 상두가 내뱉은 말? 거짓말일 수도 있어. 근데 진짜일 수도 있잖아. 김바다는 그게 무서웠던 거야. 만에 하나라도 고래가 없는 세상이. 그럼 자기가 죽어버릴 테니까.

근데 김바다, 그건 왜 몰라. 바다는 길고 유구하다는 걸 왜 몰라. 바다는 죽지 않는다는 걸 왜 몰라. 바다는 죽어서라도 바다라는 걸 왜 몰라.

귀에는 선명히 사이렌 소리가 들려왔다. 그 소리에 상두네는 튀었다. 나는 그걸 막지도 못하고 가만히 주저앉아 있었다. 다급히 내린 경찰들이 내게 다가왔다. 경찰입니다. 신고자분 되시나요? 그러나 나는 미친놈처럼 정신 나가서 중얼거리기만 했다.

"살려주세요 제발… 제 친구 좀 살려주세요."

-

나는 그대로 포근한 공기로 가득한 경찰서로 향했다. 수색 중이라고, 조금만 기다려 달라고 그랬다. 그런데 그런 말은 없었다. 내가 기대하던 말. 다행히 살았습니다. 와 같은 그런 희망적인 말. 사치였다 그런 말은. 나는 마치 물에 젖은 듯 무거운 마음으로 가만히 경찰서 안에 앉아있었다. 그렇게 삼십 분 정도 있으니 경찰서 문이 벌컥 열린다. 고래였다.

"……."

"민아, 제발…"

고래는 다 마르지도 않은 머리카락으로 겨우 내게 다가왔다. 애원하듯이 내게 붙었지만 해줄 수 있는 말은 없었다. 뒤이어 휘순도 뛰어 들어왔다. 이게 무슨 일이냐고. 그렇게 물었다. 나는 그 둘을 보며 고개를 살며시 저었다. 구태여 말을 하진 않는다. 김바다는 죽지 않는다. 고래의 바다니까. 죽지 않아야만 한다.

"그 밑에서, 상두랑 이기영 만나서, 그래서…"

"……."

"바다가 너 죽었다는 얘기에…"

"……."

"그래서 그렇게…"

고래는 내 말에 듣기 싫다는 듯 고개를 숙이며 욕을 뱉었다. 그런 적 없어. 난 진짜로 상두 걔 어떻게 생긴 지도 몰라. 누가 들어도 거짓말인데 그걸 누가 믿어. 그걸 걔가 왜 믿어.

"말했잖아. 바다는 그 확률을 믿는다고."

내 말에 고래가 부르르 떨던 턱을 딱 다물었다. 옆에서 휘순이 고래의 어깨를 감쌌다. 아냐 괜찮을 거야.

"김바다 걔. 수영 못하잖아. 그래서 아직까지 못 찾아낸 거겠지. 조금만 기다려보자. 찾을 거야. 김바다 살아있을 거야."

"⋯⋯."

"⋯⋯."

습한 공기 속, 고래가 살그머니 입을 열었다. 고개를 드니 울고 있었다. 목소리가 먹먹하게 떨려온다.

"누가 그래. 김바다 수영 못한다고."

"⋯⋯."

"그랬잖아 내가. 나 걔 동생이라고. 내기에서 져서, 내가 동생 됐다고. 그거 수영으로 내기한 거거든. 거기서 내가 졌거든. 김바다가 이겼거든. 그래서 걔가 내 형 된 거거든. 누가 그래. 김바다 수영 못한다고. 나보다 잘하는데, 나 이겨 먹은 적이 한두 번도 아닌데."

나는 떠올렸다. 김바다가 아무런 반항도 없이 흘러가던 모습을. 발버둥조차 치지 않은 채 검은 물 아래로 가라앉던 모습을. 그래, 걔는 죽을 작정이었던 거야. 고래 없는 세상에서는 정말로, 살아가지 못할 거니까. 죽으려고 했던 거야. 자살하려고 했던 거야. 서로가 서로의 바다이자 고래였던 것처럼, 숨조차 포기할 정도로 고래를 너무 아껴서, 그렇게 가라앉아 버려서 함께 하려고 했던 거야.

순식간에 공기가 메말라 왔다. 목이 메인다. 아무 말도 할 수 없었다. 고래의 바다가 죽었다. 고래는 점점 마른다. 너는, 바다의 고래인데. 축축했던 머리칼은 바싹 말라 이제는 습기조차 남지 않았지만, 여전히 목소리만큼은 젖어있었다. 그대로 다시 엉엉 울고 말았다. 나 또한 그러했다. 직감했다. 정말로 이번에는 정말로 울음을 그치지 못할 것 같다고. 그렇게 눈물이 흘러 흘러 바다를 이룰 때까지 울어도 가당키나 한 것이라고. 이제서야, 마침내 이름이라고, 김바다지 않았냐고. 이 중 그 누구도 바다를 제대로 알지 못했다. 그건 죄다. 죄의식이었다. 너는 우리를 알고 결국엔 이렇게 살게 했는데, 나는 너를 앓게만 해서. 이렇게 네 마음 하나도 알지 못하고 그대로 물에 흘려보낸 내가 너무 싫었다. 김바다. 그 안에 내포된 이름의 의미. 그리고 나의 무지. 그것은 죄다.

와중에 옆에서 들려왔다. 시체를 못 찾는 대잖어… 지금 몇 번이나 재수색 했는데두… 어디로 가버린 건지 모르겠다니까… 일단은 최선을 다 하겠다구 해… 뭐 하는 척은 해봐

261

야 할 거 아냐….

귀를 막는다. 나는 이제 눈에 보이는 것만 믿고 싶다. 파도가 바다의 일이라지만 깊게 생각하는 것은 나의 일이 아니었으니까. 고개를 젓는다. 그리고 생각한다. 바다는 돌아올 거야. 육신도 없는데 어떻게 죽었다고 그래. 우리가 너한테 어떻게 그래. 미쳤다고 그래. 감히 너한테. 바다한테.

-

요동치는 바다, 누군가의 꿈과 누군가의 불행이 시작된 곳. 차갑고 뜨겁던, 그리하여 모순을 드러내던 바다. 서로가 서로의 바다였고, 끝끝내 손가락 걸었던 발리의 해변이었으며, 그렇게 결국은 서로의 품을 파괴한 사람이지만. 나의 세상, 몽롱한 정신에서 보는 환영에서는 널 누구보다 또렷이 봐. 사라진 김바다를. 그리고 곧 어디선가 축축해진 몸과 얼굴로 뭍으로 올라와 해사하게 웃을 김바다를. 이번엔 정말로 죽을 뻔했다고 툴툴댈 김바다를. 그리하여 지독하게 외로웠던 김바다를.

내 세상의 진실된 바다, 그런 김바다에게 고래는 항상 그래. 우리는 항상 그래. 네가 그립다 말 않았지만 얼굴 맞대고 중얼거렸어. 바다는 돌아올 거야. 한 명이 말하면 또 한 명이 말해. 네가 살아있다고 믿으면서도 그래. 나는 참 그래. 김바다는 그랬으니까. 나를 동민으로 만들었고 휘순이를

262

휘순이로 만들었고 고래를 고래로 살게 했어. 그거면 된 거야. 정말로 된 거야. 그게 우리가 너를 살아있다 믿게 하는 열 가지, 아니 백 가지 이유 값을 하니까.

네가 그랬잖아. 모든 물은 이어져 있다고. 그러니까 넌 어디서든 오는 거지? 네가 이곳 뭍으로 올라오기까지 시간이 좀 걸려도 돼. 우리는 세 면이 모두 바다로 둘러싸인 한국에서 여전히 널 기다리니까. 흘러 흘러 네가 돌아와 지옥처럼 무더우나 차갑던 발리에서 우리는 꼭 다시 만날 테니까. 그러니 너는, 살아만 있으면 돼. 매 순간 바다 저 먼 곳에서 파도가 새로 태어나듯이. 그리고 다시 바다에게 몰려가듯이. 그게 반복되듯이.

들리지? 꼭 그러고 있어. 이제는 너 또한 잠시라도 세상 따위 집어던진 채 네가 사랑하던, 광활하고도 너처럼 외로이 버티던, 망망대해 푸른 바다의 품 한가운데에서 정말로, 정말로.

너로 숨 쉬어 바다야.

너의 고래를 위하여.　　　完。

│ 에필로그

너의 자리에 서 보다.

엄마로 딸을 보다

학창 시절, 동시대회를 하고 독서 감상문을 쓰면서 글 쓰는 재미를 느끼고 있었던 나는 아무 글이나 여기저기 끄적이곤 했다. 글을 쓰면서 그때그때의 감정선이 다름을 알았고, 소설가를 꿈꿔본 적도 있다.

하지만 나의 끈기가 없었던 탓인지, 고등학생이 되어서도 꿈을 찾지 못하고 그냥 공부만 하는 아이였다. 그렇다고 성적이 월등히 좋은 편도 아니었고, 무엇 하나 특출하게 잘하는 것 없는, 그냥 평범한 학생이었다. 그러면서도 가끔은 신문이나 잡지에 실리던 신춘문예 당선작을 챙겨봤고, 응모전을 유심히 보기도 했다. 하지만 도전은 몇 번 되지 않았다. 그럼에도 20대에는 누구나 읽을법한 책 한두 권은 항상 지니고 다녔고, 당시 책을 읽자는 취지의 방송을 아주 좋아했다. 고민할 것 없이 책을 선택할 수 있어서였던 것 같다.

결혼을 하고 육아가 시작되면서 아이에게는 책을 많이 읽어 주고 싶었다. 주야간의 반복되는 회사생활을 하는 남편은 아이의 독서 담당이 되어주었다. 아이가 책에 빠져 흥미를 가질 때 즈음 문득 지금껏 성공하지 못했던 글을 써보기 시작했다. 아이와 함께 여러 응모전에도 참여해 보여 성과를 얻고 나니 재미도 생겼다. 나의 글은 누군가에게 쓰는 편지글이 많았고, 여행을 다녀온 뒤 쓴 기행문 같은 글도 있었다. 하지만 정리되지 못하고 여기저기 뒤섞여 있을 나의 글을 찾아서 모아 보고 싶을 때 즈음 제주로 이사를 했고, 나의 글들은 어디로 묻혀버렸는지 찾을 수 없었다. 사춘기를 향하는 딸은 까칠하면서도 가끔 아무도 없는 제주에서 대화의 상대가 되어주는 친구 같은 존재로 자리 잡았다.

그러던 어느 제주의 밤바다를 향해 차를 타고 드라이브를 하는 길에 딸이 글을 쓰고 있다는 얘기를 들었다. 코로나로 화상수업이 늘고 학교 가는 날이 줄자 딸은 그냥 말 그대로 집순이가 되었다. 하루종일 부모가 출근하고 없는 집에서 수업을 다 하고 나면 뭐 하고 지냈을까 궁금했는데, 공부에 전념을 다하지 않음은 알고 있어 기대를 안 했다. 게임에 빠져 지낼까 걱정을 했었다. 그래서 더욱 글을 쓰고 있다는 사실이 놀랍기도 했고, 사춘기의 감성의 글이 궁금하기도 했다. 한편으론 공부에 집중을 못 하고 성적이 떨어지는 건 아닌지 걱정도 했다. 하지만 내가 소싯적에 글을 끄적이며 언제가 책을 만들어 보고 싶다는 마음이 딸에게 전해졌다. 딸 역시 내가 글을 써봤던 것을 의아하게 생각했다.

사실 나에게 에필로그를 부탁했을 때 어떻게 시작을 해야 할지 막막했다. 그럼에도 나의 사춘기 시절 내 꿈을 만들어 보겠다고 이런저런 글을 쓰고 도전했던걸, 딸의 현시대의 사춘기엔 어떤 고민과 마음이 담겨갈지 궁금했다. 그 마음에 여기까지 써 내린다.

의미 없이 공부에 매달려 지내지 않고 해보고 싶은 것을 할 수 있는 지금의 사춘기를 축복한다. 마음이 어지럽고 행동이 까칠하긴 해도 걱정거리를 만들거나 비행 청소년이 되지 않고 자기의 글을 쓰며 속이 꽉꽉 채워져 가는 듯한 청소년기를 보내는 마음이 너무 감사하다.

중고등학교의 학창 시절을 보내며 그때의 감정에 충실하며 써 내려간 지금의 글이 앞으로 대학을 가고 하고 싶은 일을 하면서 지낼 때 원동력이 되길 바라며, 또한 성인이 되어서 느끼는 감정의 글이 또 한 번 채워지길 바란다. 마지막으로 이 책을 읽어 준 여러분께도 딸과 함께 감사를 전한다.

나로 나를 보다

자존심에서 하나를 바꿔 끼운 자부심 하나를 가지고 두 번째 발걸음을 내디딘다. 사실 이건 비공식적인 기록이고 내 이름으로 내는 책은 이번이 처음이다.

항상 뭔갈 시작하면 언젠가는 끝이 날 거라 생각해서 두려워 했는데 작년, 제 작년에 이어 고등학교 2학년으로서 또 진짜 내 이름을 내걸고 정식 출판 준비를 하다 보니 매번 밤마다 고통스러웠지만 즐거웠다. 그렇게 두세 달 컴퓨터 앞에 매달려 있다 보니 원고작업을 모두 마치던 날에는 후련하기까지 했다.

물론 눈이 빠지도록 모니터를 쳐다보는 것은 매일같이 바쁜 일상을 보내고 오후가 다 되어서야 타자를 두들기는 나에게 쉬운 일이 아니었다. 그러면서 그걸 잘 알면서도 작년에도, 제 작년에도, 그리고 올해도 매번 하는 말이 있다.

"내가 다시 이 짓 하나 봐라."

아마 나는 그것을 잊을 때쯤 똑같은 행동을 반복하는 것 같다. 그만큼 나는 이 일을 할 때 가장 행복하고 시간이 빨리 가나 보다.

이번에 책을 준비하면서 저번에 냈던 책을 읽게 됐다. 햇수로 2년이 지난 내가 읽었을 때에는 가끔 얼굴이 붉어지는 글도 있었으며 당장이라도 어딘가로 숨어버리고 싶은 마음이 마구 샘솟는 글도 있었다. 겨우 2년인데 내가 이렇게 변했나 싶으면서도 그만큼 지금 성장한 것 같아 기분이 나쁘진 않았다. 그때 당시 나의 시선으로는 이해가 가지 않는 것도, 사랑하지 못할 것도 많았을 테다. 충분히 이해한다.

나는 배우기 위해 글을 읽고, 성장하기 위해 글을 쓴다. 글 이외, 다른 모든 것에서도 이것은 동일하게 작용한다. 이에 따라 나를 더 바르고 곧은 길로 안내해주는 책에게 매번 감사를 표한다.

이건 내 지론인데 나는 아마 앞으로도 글을 쓰며 살아갈 것 같다. 그렇게 문학에 생을 연명하고 문장에 숨을 들이마셨다가 쉼표에 다시 숨을 내뱉는 삶. 그 삶의 마지막 순간이 오는 그때까지 열렬히 공부하고, 결국엔 이해할 수 있기를. 미워하는 것마저 끝끝내 사랑할 수 있기를 바라며

세 번째 발걸음을 내딛자.

2022년 2월의 끝자락에서
이지오

시네마에서 나오는 길

발　행 | 2022년 03월 03일
저　자 | 이지오
펴낸이 | 한건희
펴낸곳 | 주식회사 부크크
출판사등록 | 2014.07.15.(제2014-16호)
주　소 | 서울 금천구 가산디지털1로 119, SK트윈타워 A동 305호
전　화 | 1670 - 8316
이메일 | info@bookk.co.kr

ISBN | 979-11-372-7064-0

www.bookk.co.kr